Erhardt Loener

Veronika

Glück und Leid einer großen Liebe

Autor: Erhardt Loener

1. Auflage 2012
Verlag: tredition GmbH, 20148 Hamburg
Printed in Germany
ISBN: 978-3-8424-8258-7

Bibliografische Information der Deutschen Nationalbibliothek: Die Deutsche Nationalbibliothek verzeichnet diese Publikation in der Deutschen Nationalbibliografie; detaillierte bibliografische Daten sind im Internet über http://dnb.d-nb.de abrufbar.

Veronika

Glück und Leid einer großen Liebe

Veronika Berger war bereits einige Jahre im Gasthaus Steiner tätig. Sie war für die Bedienung der Gäste zuständig und man sah es ihr an, dass sie diese Aufgabe gern und mit Sorgfalt ausübte. Ihre stetige Freundlichkeit fand bei Steiners wie auch bei den Gästen große Aufmerksamkeit und Anerkennung. Ihre bemerkenswerte Schönheit veranlasste viele Männer oft dazu, ihr nette Schmeicheleien zu sagen.

Veronika nahm die gut gemeinten Worte immer mit einem Lächeln entgegen, wobei sie aber stets an ihren Verlobten Werner dachte, den sie nun bald heiraten wollte. Der Hochzeitstermin stand fest und beide freuten sich schon auf diesen Tag. Sie ahnte noch nichts davon, dass es das Schicksal nicht besonders gut mit ihr meinte. Werner, mit dem sie die Ehe eingehen wollte und von dem sie schon ein Kind unter ihrem Herzen trug, verunglückte tödlich noch zwei Wochen vor der Heirat. Damit verlor sie nicht nur den geliebten Partner, sondern auch den Vater ihres Kindes. Hieraus entstand eine Situation, die ihr ganzes Leben verändern sollte. Deshalb war sie froh darüber, dass sie auch noch nach der Geburt des Kindes im Hause Steiner bleiben durfte, um dort ihren Lebensunterhalt zu verdienen. Nach einigen Jahren der guten Zusammenarbeit wurde das innige Verhältnis zwischen Veronika und Gottfried Steiner immer herzlicher und es kam die Zeit, wo sie sich entschlossen, dieses mit einer Ehe zu besiegeln. Daraus entwickelten sich schöne und glückliche Jahre. Unerwartet kam dann aber der nächste Schicksalsschlag für Veronika.

Am Samstag vor Pfingsten stürmte der Lehrling Franz fast atemlos in den Fleischerladen. Die Augen waren vor Entsetzen geweitet und er schrie: „Unser Meister, unser Meister, der Meister hat einen Unfall erlitten!" Frau Veronika Steiner war gerade dabei, das Fleisch für die Küche der Gaststube herzurichten. Der laute Ruf des Lehrlings jagte der Frau einen so großen Schrecken ein, dass er ihr die Beine schwanken ließ und sie sich am Kühlschrank festhalten musste. Dabei entfiel ihr auch noch ein großes Stück Fleisch, das für einen Braten vorgesehen war. Ungeachtet dessen, wollte sie fragen: „Was ist meinem Mann zugestoßen, ist er eventuell … , doch das arge Wort – tot – brachte sie nicht über ihre Lippen, sondern fragte nur: „Ist ihm etwas Schlimmes passiert?"

Der Lehrling wusste nicht, wie und was er darauf so schnell antworten sollte. Mit Tränen in den Augen sagte er dann: „Das große Auto ist ihm mit allen vier Rädern über den Körper gefahren. Jetzt liegt er dort und rührt sich nicht mehr." Es war der Lieferwagen des Meisters, wahrscheinlich war die Handbremse nicht fest angezogen worden, so dass er sich an der etwas abschüssigen Stelle am Haus selbstständig in Bewegung gesetzt und den Meister Gottfried überfahren hatte. Frau Veronika stand wie angewurzelt da und war nicht fähig, vor die Ladentür zu gehen. Ganz unbewusst ging sie ihrer Arbeit auch weiterhin nach, obwohl sie gerne nach draußen gelaufen wäre. Jeden Augenblick konnte man ihr den Mann ins Haus tragen. Dass gerade heute der Geselle Urlaub genommen hatte und ihr Gottfried deshalb selber fahren musste, dieser und noch andere

Gedanken stürzen auf sie ein. Aber weiter kam sie nicht, denn vor der Haustür wurden Schritte laut. Sie eilte zur Tür, auf der Bahre trugen die Männer den Toten ins Haus. Oben auf der Treppe stand das Zimmermädchen Agnes, die vom Unglück noch nichts erfahren hatte, jetzt aber den toten Meister entdeckte, den die Männer im Flur niedergestellt hatten. Agnes konnte das, was sie nun sah, gar nicht begreifen und weinte laut auf.

Wortlos drückten die Männer der Gastwirtin Veronika ihr Beileid aus und verließen das Haus. Nun war Veronika mit dem Toten allein. Vor etwa zwei Stunden war er noch fröhlich Kund zu der Kundschaft gefahren, jetzt lag er still und mit bleichem Gesicht vor ihr. Die toten Augen, die noch geöffnet waren und zur Decke starrten, schloss sie. Sie zitterte am ganzen Körper. Sie hätte so gerne geweint, aber die Augen brannten ihr und die erlösenden Tränen kamen nicht.

Die Frühlingssonne erhellte das Zimmer und malte die Schattenumrisse eines Baumes auf den Fußboden. Das Fenster stand offen und beim Blick nach draußen sah man die Gärten der gegenüberliegenden Häuser. Doch von alledem sah Veronika nichts und sie hörte auch nicht die Vögel zwitschern, denn sie kniete beim Toten, stand aber auf, um das Fenster zu schließen. Plötzlich hörte sie die hastigen Schritte eines Kindes. Es war Rosina, die Tochter des Hauses. Agnes, die für alle Arbeiten im Haus zuständig war, hatte das junge blonde Mädchen von der Schule geholt. Jetzt stand sie verstört und weinend vor der Tür und war kaum dazu fähig, das Zimmer zu betreten, in dem der Stiefvater nun tot auf der Bahre lag. Sie wandte sich an ihre Mutter, die ebenfalls im Zimmer war, und legte ihr verweintes Gesicht an der Schulter der Mutter. So standen sie noch eine Weile, dann aber führte die Mutter Rosina an die Bahre des Verstorbenen, wo sie versuchte, die blasse Hand des Toten zu ergreifen. Doch sie schreckte zurück, als sie bei der Berührung schon die Starre der Hand bemerkte. Ihr Blick suchte deshalb das Antlitz des Stiefvaters, das eine unheimliche Ruhe ausstrahlte.

Beim Fleischermeister Ritter in Weismain wurde nach einem hektischen und arbeitsreichen Vormittag soeben das Mittagsmahl eingenommen. Am Tisch saßen der Meister und sein Geselle Walter Steiner, der Lehrling und die blonde hübsche Tochter Sibylla. Die Hausfrau Martha schaffte noch im Laden. Jetzt kam sie mit eiligen Schritten ins Wohnzimmer und sagte ganz aufgeregt: „Walter, hier ist ein Telegramm für Sie, hoffentlich ist nichts Schlimmes passiert?" Die Tochter nahm das Telegramm und reichte es mit blassem Gesicht an Walter weiter. Wahrscheinlich war doch etwas Unerfreuliches passiert, denn noch nie hatte er in all den Jahren, in denen er schon bei den Ritters beschäftigt war, eine telegraphische Nachricht erhalten. Erwartungsvoll sahen die anderen ihm zu, während er den Umschlag öffnete. Mit blutleerem Gesicht las er die wenigen Worte: „Gottfried verunglückt, bitte sofort kommen, Veronika."

Sibylla Ritter nahm die schreckliche Nachricht ebenfalls kurz zur Kenntnis, ihr Gesicht wurde blass und in ihren Augen standen Tränen. Sie versuchte zu trösten und gab zur Antwort: „Vielleicht ist Ihr Bruder nur leicht verletzt. Warum gleich an das Allerschlimmste denken!"

Der Meister stand auf und wandte sich an Walter: „Ich nehme an, dass sie unverzüglich heimwollen?" Walter erschrak, weil er tief in

Gedanken versunken war, sah dann aber zum Meister hinüber und fragte: „Darf ich zunächst um eine Woche Urlaub bitten? Zu Hause werden sicherlich viele Dinge auf mich warten, die der Erledigung bedürfen. Es wird unbedingt notwendig sein, dass ich meiner Schwägerin in ihrer Hilflosigkeit hilfreich zur Seite stehe."

Die Zustimmung des Meisters wartete er erst gar nicht ab, sondern eilte schon nach oben in seine Kammer. Nach einer kurzen Zeit, nachdem er seinen Koffer mit ein paar notwendigen Gegenständen gepackt hatte, ging er reisefertig nach unten. Dort nahm er schnell noch Abschied von allen. Tochter Sibylla begleitete ihn bis zur Haustür. Als er ihr die Hand reichte, sah sie ihn mit traurigen und flehenden Augen an und fragte leise: „Sie kommen doch wieder, Walter?" Er lächelte sie an und erwiderte: „Darf ich davon ausgehen, dass Sie das gerne möchten, Sibylla"?

Verlegen entzog die hübsche Sibylla ihm die Hand, wobei sie zur Seite schaute und dabei erwähnte: „Ich glaube, mein Vater würde Sie sicherlich gerne behalten." Sichtlich gerührt gab Walter noch zur Antwort: „Wenn nichts Außergewöhnliches dazu kommt, hoffe ich, dass ich in ein bis zwei Wochen wieder zurückkomme." Es war ihr anzusehen, dass sie darüber sehr erfreut war, denn ihre blauen Augen leuchteten auf, und mit einem liebevollen Blick schaute sie noch einmal in das Antlitz des jungen Mannes.

Dann schritt Walter eilig die Straße entlang, die zum Bahn-hof führte, während Sibylla ihm mit einem geheimen Bangen nachblickte. Bald darauf saß er im Zug und fuhr seiner nördlichen Heimat entgegen.

Zurück ließ er das entzückende fränkische Kleinstädtchen Weismain. Nachdenklich saß er im Zugabteil und schaute aus dem Fenster. Obwohl eine schöne und reizvolle Landschaft an ihm vorbei flog, sah Walter von alledem nichts, denn seine Gedanken waren daheim. Immer wieder glomm ein Fünkchen Hoffnung auf, dass Gottfried noch leben würde. Die Nachricht, dass er einen Unfall hatte, musste doch nicht bedeuten, dass er eventuell auch schon tot war. Damit hatte Sibylla eigentlich auch recht gehabt. Aber warum hat Veronika ihn gebeten, sofort zu kommen, wenn es sich vielleicht nur um eine leichte Verletzung handeln könnte. Schon damals gab sie ihm keine Nachricht, als der Bruder sich einer schweren Operation unterziehen musste. Erst viel später hatte er von Gottfried davon erfahren.

Nun aber sollte er sofort kommen. Was half es, wenn er immer wieder neue Überlegungen anstellte, wenn sein Verstand ihm letztendlich sagte: „Dein Bruder ist tot." Sein Bruder Gottfried war bereits zwölf Jahre alt gewesen, als er als Nachkömmling geboren wurde. Da der Altersunterschied groß war, hatte er den älteren Bruder immer nur als Respektsperson in Erinnerung. Später, als auch Walter heranwuchs, wurde das Verhältnis der Brüder zueinander auch herzlicher. Der Altersunterschied wurde aber niemals ganz überwunden, weil Gottfried sich nach dem Tode der Mutter als Hausherr und Haupt der Familie fühlte.

Wie Veronika wohl den Tod Gottfrieds hinnehmen würde, aber auch seine Nichte Rosina? Wie sollte es nun weitergehen, wenn der Tod tatsächlich in das wohlbehütete Elternhaus eingetreten war? Von seinem Fensterplatz aus schaute er in die Ferne, wo er hinter Hügeln und Wäldern die Heimat wusste. Es dunkelte bereits, als Walter vor dem Haus seiner Vorfahren anlangte. Gepflegt stand es zwischen anderen schönen Fachwerkhäusern. In den Straßen herrschte bereits eine abendliche Stille. Bevor er den Finger auf den Knopf der Türglocke legte, las er noch einmal die Inschrift der Erbauer auf dem Schild über der Haustür. Dies tat er, um festzustellen, ob er auch vor dem richtigen Haus stand, obwohl er die Inschrift schon aus seiner frühesten Kindheit kannte. Nachdem die Türglocke angeschlagen hatte, hörte er leise Schritte im Hausflur, die sich der Haustür näherten. Als diese geöffnet wurde, stand Rosina da und war zunächst sprachlos, dann aber erkannte sie Walter und umarmte ihn freudestrahlend. Es war wie eine Erlösung, als sie laut rief: „Walter, unser Walter ist da!" Oben auf der Treppe stand Veronika. Mit bleichem Gesicht und Tränen in den Augen empfing sie ihren Schwager. Jetzt wusste Walter, auch ohne dass es ihm Veronika sagte, dass sein Bruder tot war. Nach einer kurzen Begrüßung ging Walter zunächst zum toten Bruder. Das schmale, kantige Gesicht, in dem die Backenknochen besonders hervortraten, war blutleer und mit einem grauen Schimmer überzogen. Walter war allein, denn die Frauen hatten sich zurückgezogen. Lange stand er beim toten Bruder. Noch immer fassungslos von dem plötzlichen Tod seines Bruders konnte er sich vom Anblick des Toten nicht losreißen.

Beim Begräbnis und über der offenen Gruft hieß es, endgültig Abschied zu nehmen. Freunde aus der Innung hatten den Sarg zum Grabe geleitet. Noch am Abend dieses schicksalsschweren Tages saßen Walter, Veronika und die Kellnerin Gudrun zusammen, um eine erste Bilanz anhand der vorhandenen Geschäftsunterlagen gemeinsam zu beraten. Hieraus konnten sie entnehmen, dass es nicht besonders gut um das Geschäft stand. Viele Lieferanten drängten bereits auf die Bezahlung noch ausstehender Beträge. Die Bank war ebenfalls nicht mehr bereit, noch weitere Kredite zu gewähren. Veronika wusste nicht mehr ein noch aus, denn nicht einmal für die Beerdigung war genügend Geld vorhanden. Mit kaum hörbarer Stimme sagte Veronika: „Walter, wir haben dir noch nichts davon gesagt, dass viele Geräte, die bereits schon dein Vater vor langer Zeit gekauft hat, technisch nicht mehr in Ordnung sind und eigentlich ersetzt werden müssen. Aber dein Vater war damals der Meinung, dass es sich wahrscheinlich nicht mehr lohnen würde, aufgrund der schlechten Geschäftslage noch viel Geld in das Geschäft zu investieren." Als Walter nicht gleich antwortete, fügte Gudrun mit einem Seitenblick auf seine Schwägerin noch hinzu: „Und was wird aus dem Dach und dem Schornstein?" Walter wurde stutzig und wollte wissen: „Was ist mit dem Dach?" Darauf antwortete Veronika: „Seit einem Jahr regnet es an vielen Stellen im Dach durch, auch der Schornstein muss oberhalb des Daches schnellstens repariert werden. Wir hatten schon mit dem Dachdecker gesprochen, dieser hält eine Neueindeckung für unbedingt erforderlich. Damit ist es aber leider nicht getan, auch die Dachlatten müssen teilweise erneuert werden. Ein Kostenvoranschlag liegt uns aber noch nicht vor." Mit Spannung warteten die beiden Frauen auf die Reaktion von Walter. Er schien abwesend zu sein, denn er blickte durchs Fenster in die mondhelle Nacht, in der auch die blühenden Bäume zu erkennen waren. Seine Gedanken flogen hinüber zu einem Frauenantlitz mit dunklen Haarlocken, und er sah noch die bittenden Augen seiner schönen Schwägerin. Dann aber riss er sich zusammen, wobei ein kurzes Lächeln seinen Mund umspielte. Er wandte sich an Veronika und gab zur Antwort: „Ich habe mir in diesen Tagen schon meine

Gedanken darüber gemacht, habe aber nicht geglaubt, dass es so schlimm steht."

Tief bedrückt öffnete Veronika die bisher fest geschlossenen schönen Lippen und fragte: „Müssen wir davon ausgehen, dass wir die Fleischerei und den Gasthof aufgeben müssen?" Diese Worte trafen Walter tief. Er stand auf, machte einige Schritte im Zimmer, blieb dann wie angewurzelt stehen und sagte dann laut und bestimmend: „Verkaufen? Den Gasthof und die Fleischerei verkaufen, wo unsere Vorfahren schon weit über hundert Jahre gelebt und ihr Brot verdient haben? Nein, Veronika, davon kann keine Rede sein. Noch bin ich da! Dann bleibe ich eben hier und bringe alles wieder in Ordnung. Ich bin sicher, dass wir es gemeinsam schaffen, in einigen Jahren dieses Ziel zu erreichen." Veronika spürte die große Erregung von Walter und sah ihn mit weiten Augen an. So hatte sie den einst etwas verschüchterten Jungen noch niemals erlebt. Der Tatendrang, den er nun versprühte, durchzuckte auch Veronika und sie wollte wissen: „Du willst also nicht nach Weismain zurückkehren, auch dann nicht, wo dir eine Einheirat in das Geschäft deines Meisters, soviel ich weiß, geboten wird?" Er sah sie so überrascht an, dass sie fortfuhr: „Auf dem Rückweg einer Geschäftsreise hat dich Gottfried doch im vorigen Jahre besucht. Dein Meister hat ihm bei dieser Gelegenheit vertrauliche Andeutungen, wie ich sie zuvor schon erwähnte, gemacht und Gottfried war auch der Meinung, dass die Tochter ein nettes und schönes Mädchen sei, und außerdem auch noch ein Herz für dich hätte."

Etwas beschämt nahm Walter diese Mitteilung entgegen und unwillkürlich musste er an Sibylla denken, dabei glaubte er, dass sie ihn plötzlich aus der dunklen Zimmerecke mit ihren Augen anflehte. Dieses geisterhafte Bild verschwand aber sofort wieder, als er sich davon abwandte. Noch etwas verwirrt kehrte er langsam in die Gegenwart zurück. Mit fester Stimme gab er dann zur Antwort: „Veronika, was du mir soeben gesagt hast, solltest du ganz schnell wieder vergessen. Mein Platz ist jetzt hier. Zuerst kommt das Haus meiner Eltern und Vorfahren, die das Geschäft schon so lange geführt haben. Alles andere wird sich später finden, wenn wir das Gröbste überstanden haben und damit auch unsere Sorgen los sind."

Mehr als das soeben Gehörte konnte Veronika vorerst nicht erwarten. Sie hatte sich erhoben, ihre tränennassen Augen leuchteten und sie sprach: „Ich danke dir, Walter, wobei ich auch an Rosina denke, denn nun können wir wieder frei atmen und mit Freude in die Zukunft schauen. Für alles, was du nun tun möchtest, hast du mein ganzes Vertrauen." Gudrun stand neben der Meisterin, als sie mit bebender Stimme und Tränen in den Augen sagte: „Walter, das vergesse ich dir nie, denn auch ich bin mit diesem Haus verwachsen!" Dann trennten sie sich.

Nach den schlaflosen Nächten der letzten Zeit konnte Veronika endlich wieder einmal gut schlafen. Sie fiel in einen tiefen und traumlosen Schlummer, wobei ihr letzter Gedanke aber noch Walter galt. Walter indes saß noch in seiner Kammer und schrieb einen Brief an seinen Meister Markus Ritter. Dieser sollte wissen, dass er vorerst nicht zurückkommen könne, und bat gleichzeitig darum, dass man ihm ein paar persönliche Sachen zuschicken solle. „Ich hoffe, Sie haben Verständnis dafür, dass ich meine Schwägerin mit ihrer Tochter in der schweren Zeit nicht allein lassen kann. Sie wissen aber auch, dass ich immer gerne in Ihrem Geschäft gearbeitet habe."

Obwohl es schon sehr spät und dunkel war, trug er diesen Brief noch zur Post. Als er wieder heimwärts strebte, stand der Vollmond am Himmel und ließ sein Licht über die Häuser in den stillen Gassen fluten. Vor der Haustür blieb er eine kurze Zeit stehen. In stiller Andacht und mit ein wenig Stolzbetrachtete er das Schild darüber. In großer und vergoldeter Schrift war dort zu lesen „Gasthaus Steiner „ und darunter in einer etwas kleineren Schrift „Eigene Fleischerei „

Fast drei Jahre waren seitdem verstrichen. Es waren Jahre voller Entbehrungen und eines langen Kampfes mit den Gläubigern und den Banken. Andererseits galt es, die alte Kundschaft zu erhalten, wie auch neue zu gewinnen. Nun aber war es geschafft. Die erstklassige Ware und das freundliche Wesen von Walter fand weit und breit großen Anklang, und wer einmal zu Gast im Gasthof gewesen war und sich dort verwöhnen ließ, kam gerne wieder. Der Umsatz und damit auch der Gewinn hatten eine beachtliche Höhe erreicht, sodass alle Schulden schon längst getilgt werden konnten. Die gesamte Ware, die für den Erhalt der Fleischerei wie auch für den Gasthof nötig war, wurde sofort nach Rechnungserhalt bezahlt. Zugunsten des Betriebskapitals verzichtete er auf seinen Lohn, der ihm eigentlich zustand, um das Geschäft eventuell noch zu vergrößern. Andererseits glaubte er und war auch fest davon überzeugt, dass er, wenn es einmal für ihn notwendig würde, auf diese Ersparnisse zurückgreifen könnte. Für Rosina, die aus Kostengründen ihren Musikunterricht an der Privatschule im Ort nicht hatte weiterführen können, wurde inzwischen ein neuer Vertrag bei der Musikschule abgeschlossen. Da Rosina Musik über alles liebte und auch sehr begabt war, konnte sie ihre Freude darüber nicht verbergen und war unsagbar dankbar gegenüber ihrer Mutter und

Walter. Ein Freund, der Walter eines Abends nach Hause begleitete, meinte lächelnd: „Euer Haus glänzt, und es sieht aus, als wäre es erst vor einer kurzen Zeit gebaut worden. Man könnte denken, es würde demnächst eine Hochzeit gefeiert." Bei diesen Worten schaute er Walter prüfend ins Gesicht. Der spürte, wie ihm das Blut zu Kopfe stieg, und wehrte sich missmutig dagegen und erwiderte: „Ich wüsste nicht, wer hier heiraten sollte? Wir sind doch froh, dass wir den Betrieb wieder aufbauen konnten und es uns deshalb wieder gut geht!" Sein Freund aber dachte anders und sagte: „Mein lieber Walter, deine Schwägerin Veronika ist seit dem Tode ihres Mannes so frisch aufgeblüht, dass es mich gar nicht wundern sollte, wenn es wahr würde, was man sich in unserem Ort schon überall erzählt." „Was geht mich dieses dumme Geschwätz an? Lass die Leute doch reden! Ich bin zufrieden und habe meine Arbeit." Nach dieser unmissverständlichen Äußerung verabschiedete sich Walter von seinem Freund und ging verdrossen ins Haus. Der Freund schaute ihm nach und glaubte, dass sein abgeschossener Pfeil Walter wohl getroffen hatte.

An diesem Abend konnte Walter zunächst nicht einschlafen. Eine lange Zeit wälzte er sich von einer Seite auf die andere. Er musste sich selber gestehen, dass der Freund Recht hatte. Seitdem Veronika von den täglichen Sorgen befreit war, sah sie viel hübscher denn je aus. Beim Aufenthalt im sonnigen Garten hatte die Sonne ihr ohnehin schönes Gesicht mit einem bräunlichen Schimmer belegt, wodurch es noch reizvoller wirkte. Das leichte Rot ihrer Wangen hob sich besonders hervor. Ihre Stirn war vom welligen und lockigen Haar zum Teil verdeckt. Ihr Schritt wirkte wieder leicht und federnd wie damals, als sie Hochzeit feierte und Walter sie als Jüngling schon bewunderte. Obwohl er vom Tanzen noch nichts verstand, hatte sie ihn aufgefordert, mit ihr einen Walzer zu tanzen. Hierbei war ihm beim Tempo der Umdrehungen fast der Atem vergangen. Nachdem der Tanz zu Ende war, hatte sie ihn mit beiden Armen fest an sich gedrückt, und ihn auch noch auf den Mund geküsst und dabei lächelnd gesagt: „Ich glaube, wir werden immer gute Freunde bleiben, kleiner lieber Schwager!" Die Hochzeitsgäste waren begeistert und gaben dazu klatschenden Beifall. Ihm aber war vor Verwirrung das Blut in den Kopf gestiegen. Er war sich nicht sicher, ob er sich ärgern oder freuen sollte. Erst später, als er schon aus den Kinderschuhen herausgewachsen war, hatte er gern an diesen Augenblick und an ihre roten Lippen gedacht, die sich fest auf seine eigenen gelegt hatten. Nach all diesen Erinnerungen versuchte er endlich zu schlafen. Bevor ihn aber der Schlaf übermannte, dachte er noch einmal an Veronika und war sicher, es müsse sich unendlich gut in ihren Armen ruhen lassen und darin ganz stille sein. Vor lauter Arbeit hatte er sich jedoch bisher keine Gedanken über seine Zukunft gemacht. Nun aber war er bereits dreißig Jahre alt, sodass er daran denken musste, eine eigene Familie zu gründen. Er war ja auch das letzte männliche Glied der Familie, und die durfte doch nicht aussterben. Sein stiller Wunsch war es, eine Familie mit möglichst vielen Kindern zu haben. Plötzlich musste er an Sibylla, die Tochter seines langjährigen Meisters denken. Zugegeben, sie war eine schöne und auch liebenswerte Frau. Wäre sein Bruder nicht so plötzlich verstorben, könnte er sich vorstellen, dass sie inzwischen seine Frau war. Viele Male hatte sie ihm geschrieben und darin erwähnt, dass sie wie auch ihre Eltern sich freuen würden, wenn er wieder zurückkäme. Eine gewisse Sehnsucht nach ihm war aus ihren Zeilen erkennbar. Sehr oft las er ihre Briefe ein zweites Mal, die sein Herz dann ein wenig durcheinanderbrachten. Was sollte er nur tun? Er konnte sich einfach noch nicht entscheiden.

Die Zeit flog dahin, Sibylla hatte scheinbar ihre Entscheidung schon getroffen. Sie schrieb nur noch selten kurze und inhaltslose Zeilen. Dann aber war der Briefwechsel ganz eingeschlafen, daraus entnahm Walter, dass Sibylla ihn längst aufgegeben und vergessen hatte. Ein anderer würde wohl später in das Fleischergeschäft einheiraten. Bei den Ritters hätte er ohnehin nur ein fremdes Geschäft übernehmen und fortsetzen dürfen, mit dem ihn innerlich nichts verband. Hier aber, im Hause seiner Vorfahren, hatte er seine Kindheit verbracht. Das Haus mit dem Geschäft und dem Gasthaus hatten immer den Steiners gehört. Nach den vielen Jahren, die er nun wieder hier war, hatte er den Betrieb wieder zu neuem Leben erweckt. Das, was er mit eigenen Händen inzwischen geschaffen hatte, konnte sich schon sehen lassen und er glaubte, dass er damit ein gewisses Anrecht auf dieses Haus erworben hatte. Das Haus gehörte allerdings Veronika und Rosina. Aber sein elterliches Erbteil stand noch darin, das ihm die Mutter ausgesetzt hatte, bevor sie die Besitzung an Gottfried übertrug. Sollte das alles nun in fremde Hände gehen, wenn Veronika vielleicht einen anderen Mann heiraten sollte? Er war davon überzeugt, dass das passieren würde, sobald er das Haus verlassen hätte und somit auch seiner Heimat den Rücken kehrte. Die Ära Steiner wäre damit endgültig erloschen. Vielleicht würde man das Schild über der Haustür als letzten Hinweis auf die Vergangenheit noch belassen. Aber schlimmer noch, der fremde Mann würde Veronika in seinen Armen halten und den schönen Mund mit den roten Lippen küssen dürfen. Bei diesem Gedanken bekam er plötzlich Herzklopfen und es wurde ihm so heiß, dass er aufsprang und zum offenen Fenster eilte. Die angenehme kühle Nachtluft umfing ihn und ließ ihn wieder etwas ruhiger werden.

Je länger er darüber nachdachte, umso klarer wurde es ihm, in dieses Haus darf kein Fremder einziehen, denn alles was dort geschaffen wurde, gehörte immer nur den Steiners, und das sollte auch weiterhin so bleiben. Und Veronika? Der Gedanke, dass sie irgendwann einen anderen lieben könnte, löste eine unbarmherzige Eifersucht in ihm aus. Diese war so groß, dass man sie in seinem verzerrten Gesicht erkennen konnte. Wäre dieser Nebenbuhler schon da, würde er ihn mit Bestimmtheit am Kragen fassen und hinauswerfen.

Andererseits aber, so überlegte er, würde Veronika ihn überhaupt wollen, wo er doch viele Jahre jünger war als sie? Diese Bedenken machten ihm doch ein wenig Angst, dabei verlangsamte er seine Schritte im Zimmer und fühlte die Kühle der Nacht. Als er sich wieder unter die Decke streckte, stand sein Entschluss fest. In den nächsten Tagen wollte und musste er Veronika fragen, ob sie seine Frau werden möchte. Vor dieser Frage fürchtete er sich noch ein wenig, denn was wäre dann, wenn sie nein sagen würde? Sein Herz aber sagte Ja, und mit liebevollen Gedanken an Veronika schlief er endlich traumlos ein.

Rosina kam fröhlich die Treppe herauf. Irgendwie war sie verändert, seitdem sie wieder frohe Gesichter um sich sah. Während der Krankheit des Vaters war sie oft bedrückt im Haus umhergegangen, weil niemand für sie Zeit hatte. All das war nun anders geworden. Wenn sie jetzt bei ihrem Tun nicht weiter kam, so brauchte sie sich nur an Walter zu wenden, der ihr immer half. Das grazile Mädchen suchte dann die Nähe zu ihm, setzte sich dann dicht neben ihn an den Tisch, legte ihren Arm um seine Schulter und sagte dabei mit einem fröhlichen Lächeln: „Walter, du bist mein Freund, du musst immer bei uns bleiben!" Am Sonntag darauf unternahm Walter mit Veronika, Rosina und Gudrun eine Wanderung zur Berghöhe. Dort lag der Rest eines größeren Grundbesitzes, der früher einmal zu Steiners gehört hatte. Hier stand noch ein altes Gartenhaus, wo sie eine kurze Rast einlegten. Der Garten war mit einer dichten Hecke umgeben, in der jedes Jahr viele Vögel ihre Nester bauten. Auf dem Grundstück, das während der letzten Lebensjahre Gottfrieds vernachlässigt worden war, gab es immer etwas zu schaffen. Ein Steingarten, der sich am Ende des Geländes befand, war inzwischen neu bepflanzt worden. Weithin schaute man von hier oben hinunter ins Land, wo man die Häuser mit ihren roten Dächern im eingebetteten Städtchen liegen sah. Fernab sah man noch einzelne Dörfer und einsame Bauernhöfe inmitten großer Bäume. Dieser verträumte kleine Ort strahlte Wärme und Ruhe aus. Hier lebte Veronika bei einer Gartenarbeit immer auf, hier bedrückte sie nicht die Enge der Straßen und die häuslichen Zimmer. Hier fühlte sie sich frei, wie damals zu Hause auf dem heimatlichen Besitz, als sie Gottfried noch nicht kannte. An einem Frühlingstag war sie in aller Frühe mit den Sommerblumen hinaufgestiegen, damit sie schon gepflanzt waren, wenn die Sonne hoch am Himmel stand. Es war eine schöne Arbeit für Veronika, die noch mit einem gesunden Rücken die Pflanzarbeiten bewältigen konnte. Es war auch eine Arbeit, bei der man an etwas denken konnte, was schon zurücklag, aber auch an das, was noch kommen würde. Dabei dachte sie an Gottfried, ihre Ehe war eine Verbindung zweier reifer

Menschen gewesen, ohne eine Leidenschaft, doch voll gegenseitiger ehrlicher Achtung zueinander. Es war eine Zeit ohne Bitterkeit und Leid, aber auch ohne Glücksgefühl, das aus der Tiefe strömt und Herz und Körper beseelt. Veronika sann nach, hatte sie Gottfried überhaupt mit voller Inbrunst und ganzem Herzen geliebt? So geliebt, dass sie ohne ihn gar nicht mehr leben möchte? Je mehr sie darüber nachdachte, umso mehr erkannte sie, dass die große Liebe an ihrem Leben vorbeigegangen war. Ob es nur an Gottfried gelegen hatte, wusste sie nicht zu beantworten, andererseits wusste sie, dass er nicht die Gabe und Kraft besaß, um eine Frau empor zu reißen. Einen Vorwurf wollte sie ihm nun daraus nicht mehr machen. Er war nun einmal anders als sein Bruder, war von Anfang an nie solch ein kräftiger Mensch gewesen wie Walter. Sie erinnerte sich noch an den ausgemergelten Körper ihres Mannes, der sich nach einer längeren Krankheit nicht wieder voll erholen konnte. Unwillkürlich verglich sie ihn mit der muskulösen Figur von Walter, den sie bei einer Arbeit im Garten mit Brecheisen und Spitzhacke bewundern durfte. Wie ein Bauarbeiter hatte er mit bloßem Oberkörper bei Sonnenschein und Regen mit lachendem Gesicht und fröhlichen Augen geschafft. Bei der Vorstellung, dass Walter sie in seine Arme nehmen würde, bekam sie Herzklopfen und das Blut strömte zum Herzen. Vor seinen übermütigen Augen senkte sie heute den Blick, obwohl er gar nicht bei ihr war. Die mitgenommenen Pflanzen waren inzwischen alle in die Erde gesteckt, nun mussten sie nur noch bewässert werden. Veronika riss sich los von ihren geheimen Gedanken und nahm die Gießkanne, um Wasser aus der Tonne am Gartenhaus zu holen. Diese war noch vom letzten Regen bis an den Rand gefüllt. Als sie die Kanne eintauchen wollte, sah sie plötzlich ihr eigenes Spiegelbild im Wasser. In ihren Augen stand ein Verlangen nach einem nie gekannten Glück. Ihre Lippen waren leicht geöffnet, als wollten sie ein Wort der Liebe bis hin zu Walter flüstern.

Schon seit einem halben Jahrhundert fand das Jahresfest der Schützen statt. Auch Walter marschierte mit im Zuge. Als die Schützen vor dem Hause Steiners vorbeikamen, standen Veronika und Rosina am Fenster und warfen Blumen hinaus. Rosina war ganz aufgeregt und sagte: „Da hinten kommt Walter. Kannst du ihn sehen, Mutter?" Sie nahm ihr Taschentuch und winkte damit Walter zu: „Sieht er nicht fabelhaft aus, unser Walter?", rief sie ihrer Mutter zu, die am anderen Fenster stand. „Aber Rosina, das sagt man doch nicht! Das ist nur ein Grund für die Männer, um eitel zu werden." „Warum soll man es nicht sagen, wenn es doch wahr ist, oder wirst du vielleicht schon alt, liebe Mutter, wenn du das nicht mehr siehst?" Darauf antwortete die Mutter nicht, aber sie winkte Walter zu und blickte ihm lange nach. Nachmittags stieg Veronika zum Festplatz empor, der am Berg lag. Die Frühlingssonne brannte aus dem wolkenfreien Himmel warm hernieder. Die Bäume und Sträucher zeigten ihr frisches Grün und die Obstbäume standen in voller Blüte. Es war das erste Mal, dass Veronika nach dem Tode ihres Mannes an einer Feier teilnahm. Das bunte Kleid schmiegte sich glatt um ihren wohlgeformten Körper, der Ausschnitt im Kleid zeigte einen tadellosen Hals, wobei auch die Brüste ein wenig ihre Reize zeigten. Sie zog alle Blicke der Männer auf sich, als sie durch den Saal schritt. Die Bewunderung der Männer konnte man an ihren Augen erkennen und ließ die anderen Frauen neidisch werden. Walter, der schon eine Zeitlang nach ihr Ausschau gehalten hatte, erhob sich von seinem Stuhl am Tisch und ging Veronika entgegen. Nun schritten die beiden nebeneinander durch den lichtdurchfluteten

Saal und genossen die neidischen Blicke der übrigen Gäste. „Ein schönes Paar.", sagte der Obermeister von der Fleischerinnung. „Ein Paar?", fragte sein Nachbar zurück, „dazu müssten sie doch erst einmal verheiratet sein."

„Unverhofft kommt oft!" erwiderte der Obermeister und blickte den beiden nach. „Es wäre kein schlechter Gedanke, wenn Steiner seine Schwägerin nähme. Den Altersunterschied sieht man kaum." Am Tisch saßen sich die beiden gegenüber und Walter konnte die Schwägerin nun erst in aller Ruhe betrachten. In diesem Kleid hatte er sie noch niemals gesehen. Als seine Blicke über den Ausschnitt und über die bloßen Arme glitten, wurde Veronika vor Verlegenheit rot und senkte die Lider. Erst nach einer Weile nahm sie die Augen wieder hoch, ihre Blicke begegneten sich und blieben einen Augenblick ineinander haften. Jetzt wussten beide, dass sie sich liebten.

Während der Tanzveranstaltung hatte Veronika zum Nachdenken keine Zeit. Immer neue Tänzer stellten sich ein. Walter freute sich über die Bewunderung, die man Veronika entgegenbrachte, andererseits hätte er die Geliebte doch gern für sich allein gehabt. Was ihm gar nicht gefiel, war, dass andere Veronika aufforderten, ohne seine Erlaubnis einzuholen, denn so fest fühlte er sich schon im Besitz der geliebten Frau. Beim Tanz der beiden redeten sie nicht von ihrer Liebe. Nur am Anfang, beim ersten Tanz, hatte Walter ihr leise zugeflüstert: „Du bist schön, Veronika, unbeschreiblich schön!" Darauf hatte sie sich noch fester in seine Armen geschmiegt und ihm voller Inbrunst und Glück in die Augen gesehen. Viel früher als die anderen brachen sie auf. Die Nacht war mondlos, aber umso heller strahlten die Sterne. In der Ferne schimmerten die Lichter der Stadt.

Veronika hatte seinen Arm genommen. Beider Herzen waren so voll, dass sie nicht die richtigen Worte finden konnten. Als sie im Schatten einiger Bäume anlangten, die selbst das Licht der Sterne nicht durchließen, blieb Walter stehen, legte beide Arme um Veronikas Schulter und sie versanken in einem Meer von Küssen. Die Straßen waren leer, leer war auch der Hausflur, als sie heimkamen. Etwas beschwingt eilte Veronika die Treppe hinauf, und Walter folgte ihr. Als sie die Tür zu ihrer Kammer öffnete, sah er sie mit bittenden Augen an. Sie aber schob ihn mit einem Lächeln zurück und schloss die Tür.

Schon sechs Wochen später wurde die Hochzeit gefeiert. Der Obermeister, der sich die Ehre nahm und die Festrede hielt, prahlte mit seinem Wissen, dass er schon beim Frühlingsfest der Schützen vorausgesehen hätte, dass die beiden ein Paar würden. Mit dieser Aussage waren viele der Gäste aber nicht einverstanden, denn einer der Anwesenden rief sehr laut in den Saal hinein: „Das hat doch jeder im Dorf schon längst gewusst, dass Veronika und Walter zueinander gehören." Diese Äußerung wurde mit einem tosenden Beifall begrüßt. Veronika und Walter sehnten das Ende des Festes herbei, um endlich allein zu sein und ihr Glück zu genießen. Auch Rosina war glücklich, dass Walter nun für immer im Hause bleiben würde, aber sie hatte ihm auch gleich freudestrahlend erklärt: „Vater kann ich nicht zu dir sagen, aber du bist und bleibst mein Freund, lieber Walter!" Diese Aussage von Rosina wurde dann im Ehevertrag der Neuvermählten als Bestandteil übernommen. Es wurde vereinbart, dass das alleinige Sorgerecht für die Tochter bei der Mutter bleibt.

Inzwischen waren einige Jahre vergangen. Das Haus und Geschäft der Steiners standen fest gegründet. Seitdem Walter wusste, dass er für sich, Veronika, Rosina und eventuell auch für seine kommenden Kinder schaffte, hatte er Fleiß und Anstrengung noch verdoppelt. Der Kundenstamm hatte sich stetig vergrößert. Für die zum Teil weiten Wege war die Anschaffung eines Lieferwagens notwendig, der andererseits auch manchmal für die Beförderung der Hausgäste gebraucht wurde.

Seit einiger Zeit war es im Haus der Steiners still geworden. Rosina hatte endlich ihren Herzenswunsch durchgesetzt, dass sie ein Konservatorium besuchen durfte, um dort Gesangsunterricht zu nehmen. Leider war das nur möglich, wenn sie dazu, für die Zeit des Studiums in eine andere Stadt zog Ihr fröhlicher Gesang und ihr rascher Schritt klangen deshalb nicht mehr im Haus ihrer Kindheit, sehr zum Leidwesen von Veronika und Walter. Trotzdem hatten sie Rosina ziehen lassen. Vielleicht war es auch besser so, weil Rosina ohnehin kein großes Interesse an der Fleischerei wie auch für den Gasthof hatte. Veronika und Walter hofften darauf, dass sie schon bald eigene Kinder bekämen. Ein Sohn oder eine Tochter ließen aber immer noch auf sich warten. Mit dieser Sorge belastet, saß sie eines Tages betrübt und allein auf der Gartenbank, von der man die fruchtbeschwerten Obstbäume und die fernen Hausgärten bewundern konnte. Inzwischen war sie vierzig Jahre alt, es blieb ihr also nicht mehr viel Zeit, wenn sie die Hoffnungen Walters erfüllen wollte. Es war noch vor der Hochzeit gewesen, als sie ihn im Scherz gefragt hatte, wie viele Kinder er denn einmal haben möchte? Da hatte er, ohne sich zu besinnen, geantwortet: „Drei Jungen und zwei Mädchen!" Das war sicherlich kein Scherz gewesen, sondern wohlüberlegter Ernst. Fünf Kinder? Und sie hatte ihm noch nicht eines geschenkt. Zum ersten Mal spürte Veronika ihre vierzig Jahre, und es kam ihr mit Erschrecken zu Bewusstsein, dass sie zehn Jahre älter war als Walter. Sie hatte nichts ausgelassen und schon bei vielen Ärzten Rat und Hilfe gesucht. In vielen Bädern war sie gewesen, doch keiner konnte ihr bis jetzt helfen. Ein Wunderheiler, von dem sie in ihrem Bekanntenkreis hörte und den sie deshalb aufsuchte, konnte ihr ebenfalls nicht den erwünschten Erfolg bringen. Nun wollte sie noch einmal in einem anderen Kurbad, von dem man nur Gutes hörte, einen letzten Versuch mit einer speziellen Kur machen. Dort sollten bereits ganz hoffnungslose Fälle Erfolg gehabt haben. Warum sollte sie nicht auch zu den Glücklichen gehören? Bei all den Überlegungen war es ihr sehr heiß geworden, alles war ihr im Kopf durcheinandergeraten. Ruckartig stand sie auf und schwankte haltlos hin und her zwischen Zuversicht und Hoffnungslosigkeit.

Walter hatte ihr bisher noch kein bitteres Wort gesagt, aber sie merkte es an seinem veränderten Wesen, dass er bedrückt war. Voll Angst und Sorge lag sie des Nachts öfters wach und hatte dabei wahrgenommen, wie er einen unruhigen Schlaf hatte. Den Mut, ihn in dieser Phase aufzuwecken, besaß sie nicht, um ihn zu fragen, was ihn bedrückte. Vielleicht wäre es zu einem Gespräch gekommen, der die Sorgen von beiden geklärt hätte. Am anderen Tag brachte Walter seine Frau zur Bahn. Man konnte ihre Aufregung im Gesicht erkennen, denn ihre Wangen waren stark gerötet und ihre Augen wirkten sehr traurig, dazu waren sie nass von den vielen Tränen. Vier Wochen sollte Veronika im Heilbad bleiben. So lange waren sie noch nie getrennt gewesen. Als sie sich durch das offene Abteilfenster noch die Hand zum Abschied gaben, versuchte Walter, ein fröhliches und zuversichtliches Gesicht zu machen, doch es gelang ihm nicht. Der Gedanke, dass dieses Heilbad ihre letzte Hoffnung sei, bedrückte ihn doch sehr. Mit einem zaghaften Lächeln gab er der Fahrenden noch einmal die Hand und schaute dem davonfahrenden Zug noch lange nach. Veronika lehnte sich weit aus dem Fenster. Als Walter ihren Blicken entschwand, drückte sie sich in die Sitzecke und kämpfte mit ihren Tränen.

In diesen Wochen ließ eine quälende Unruhe Walter nicht zur Ruhe kommen, obwohl er sie durch eine unermüdliche Arbeit zu betäuben versuchte. Niemals hatte er sich so sehr nach seiner geliebten Frau gesehnt, und doch fürchtete er den Augenblick, da sie ihm ihre Enttäuschung bekennen musste. Wie würde Veronika, und noch dazu sie ganz allein, es überwinden, wenn der Professor, der ihr doch so sehr empfohlen worden war, ihre allerletzte Hoffnung zunichte machen sollte. Jetzt machte er sich Vorwürfe, dass er sich nicht freigemacht hatte und mitgefahren war, um ihr beizustehen, wenn die Hoffnungen nicht erfüllt würden.

Mit einer Ansichtskarte von der Klinik zeigte Veronika ihre Ankunft an. Später berichtete sie in einem langen Brief von ihrem ersten Besuch beim Professor. Dieser verordnete zunächst Bäder und gab ihr einen weiteren Untersuchungstermin für den nächsten Tag. In ihrem ersten Brief stand nicht viel von Zärtlichkeit und Liebe, nach der sie sich sehnte, denn das lag ihr nicht, aber sie schrieb: „Ich bin froh darüber, dass nun alles gut wird!" Fast zwei Wochen waren verstrichen, als Walter durch ein wiederholtes Klingeln aus dem Schlaf geweckt wurde. Nur notdürftig bekleidet, eilte er die Treppe hinunter, hinter ihm die ebenfalls aufgeschreckte Rosina. Vor der Haustür stand Veronika, völlig verstört und schluchzend, aber keines

Wortes mächtig. Walter fing die schwankende Veronika noch auf, als sie ihm plötzlich um den Hals fiel, um sich festzuhalten. Walter blieb nichts anderes übrig, als die fast Ohnmächtige nach oben zu tragen. Mit Hilfe der lautlos vor sich hinweinenden Rosina wurde Veronika zu Bett gebracht, und nun erst konnte sie unter Tränen erzählen, dass der Arzt ihr jede Hoffnung genommen hatte. Schon seit der schweren Fehlgeburt beim zweiten Kinde sei sie nicht mehr fähig gewesen, ein Kind zu empfangen. Aus ängstlichen und verzweifelten Augen sah sie Walter an, der bei ihr am Bett saß und ihre Hand hielt und dann flüsterte sie leise: „Am liebsten wäre ich gar nicht wiedergekommen … dann wärest du frei gewesen und hättest … eine andere heiraten können." Aber dann schwieg sie zunächst, wobei sie seine Hände nahm und sie gegen ihre vor Kummer bebende Brust drückte und sagte: „Ich musste dich noch einmal sehen!" Darauf antwortete Walter nicht, sondern er nahm sie ganz fest in seine Arme und küsste sie lange. Ganz langsam beruhigte sich Veronika, ein schmerzliches Lächeln blühte um ihre Lippen auf und langsam wich auch ihre Verzweiflung. Dann schlang sie ihre Arme um den geliebten Walter und wollte ihn gar nicht wieder loslassen. Rosina hatte sich stillschweigend entfernt, denn sie sah, dass die beiden noch immer miteinander glücklich waren.

Nachdem Walter geheiratet hatte, war auch sein Geselle und Jugendfreund des Alleinseins müde. Die Einsamkeit wollte ihm nicht mehr behagen, deshalb führte er eines Tages ein frisches und junges schönes Mädchen aus der Nachbarschaft heim. Dieses Mädchen kannte er schon sehr lange, hatte dieses aber bisher geheim gehalten. Ihre Hochzeit wurde in der Gastwirtschaft Steiner gefeiert, wobei die Kosten ebenfalls von

Steiner übernommen wurden. Was sonst noch nötig war, hatten die Meistersleute ebenfalls gestiftet. Das erste Kind kam bald nach der Hochzeit, also noch zur rechten Zeit. Walter wurde als Pate auserkoren, und deshalb sollte sein Patenjunge auf Wunsch seiner Eltern auch Walter heißen.

Die Zeit flog dahin, und der Kleine wurde schon zwei Jahre alt. Den Weg zum Gasthof mit der Fleischerei kannte er schon seit einiger Zeit. Seine Eltern wohnten ganz in der Nähe, so dass er keinen weiten Weg dorthin hatte. Seine Mutter ließ ihn laufen, denn seit einigen Monaten hatte sie schon für das kleine Schwesterchen zu sorgen, das dann von Veronika als Taufpatin zur Taufe gehalten worden war. Wenn die Klinke der schweren Haustür vom Gasthof sich ein paar Mal auf und ab bewegte, wusste die im Laden tätige Agnes sofort Bescheid, dass der kleine Walter von nebenan Einlass begehrte. Sofort holte sie ihn herein, setzte ihn im Flur auf einen Stuhl und gab ihm eine Scheibe Fleischwurst, die er so gerne mochte. Nach einer Weile, als er die Wurst verzehrt hatte, rief er nach seinem Patenonkel Walter. Konnte Agnes ihn nicht sofort begleiten, so fand er den Weg zur Würsteküche auch allein. Vom Meister bis zum Lehrling waren dort alle beschäftigt, doch der Junge fragte nur nach seinem Patenonkel. Das war nicht grundlos, denn keiner von den anderen verstand das Kind so zu nehmen wie Walter, nicht einmal sein eigener Vater. Durch die Sehnsucht Walters nach eigenen Kindern hatte sich zwischen den beiden eine wunderbare Seelengemeinschaft entwickelt. Auf Umwegen erfuhr Veronika, dass Walter sich sehr oft, ohne dass sich dazu ein Anlass ergab, zu den Krauses hinüberging, um seinen Patenjungen zu besuchen. Bei diesen kurzen Besuchen bedachte er auch jedes Mal seinem Patenjungen mit allerhand Spielzeug. Manchmal saß er auch eine lange Zeit still und versonnen am Bett des jüngsten Kindes. Böses Gerede, das über Walter und die Mutter der Kinder laut werden wollte, tat sie verächtlich ab. Sie war fest davon überzeugt, dass sie sich auf ihren Walter verlassen konnte. Dennoch tauchten manchmal geheime Ängste um den Bestand seiner Liebe immer wieder in ihr auf.

Im folgenden Jahr, als die Herbstferien begannen, kam Rosina in gedrückter Stimmung heim. Ihre letzte Prüfung war nicht so gut ausgefallen, wie sie es erwartet hatte. Die Neunzehnjährige war dadurch in Zweifel geraten, ob ihre musikalische Begabung überhaupt ausreichte, um darauf ihr weiteres Leben aufzubauen. In einer ruhigen Stunde, als die beiden Frauen etwas ausspannen konnten, fragte Rosina die Mutter, ob Walter ihr wohl böse sein würde, wenn sie ihr Studium aufgäbe und wieder daheim bliebe. Ihre Mutter war ein wenig überrascht: „Warum hast du dir dieses nicht schon viel früher überlegt? Soll das viele Geld, das wir dafür bis jetzt ausgegeben haben, ganz umsonst gewesen sein?" Rosina gab kleinlaut zur Antwort: „Da habe ich eine andere Meinung und glaube, dass es nicht weggeworfen wurde, sondern vielmehr dazu beitragen wird, den Wert und Reichtum der Musik für mein späteres Leben zu erkennen. Aufseufzend erwiderte die Mutter: „Ja, du musst wissen, was du tust. Andererseits nimm aber auch zur Kenntnis, dass du dann nur die Tochter in einer Fleischerei und einer Gastwirtschaft bist, wo viele Arbeiten im ganzen Haus und auch im Garten auf dich warten." „Du wirst es nicht glauben, liebe Mutter, aber darauf freue ich mich schon. Ich möchte endlich Schluss machen mit der Kopfarbeit und mich ordentlich mit Händen und Armen betätigen. Sicherlich weißt du auch, dass unsere Luise allmählich zu alt wird, um noch viele Stunden im Laden zu stehen und sich zusätzlich auch noch im ganzen Haus zu betätigen. Das wird auf Dauer nicht so weitergehen. Auch du kannst etwas Ablösung gebrauchen, denn du siehst oft sehr müde aus!" Als Veronika antworten wollte, war auf dem Flur ein fester Männerschritt vernehmbar; Walter öffnete die Tür und sagte: „Ich gehe noch zum Berggarten hinauf." Veronika hielt ihn aber noch mit einer Bitte zurück: „Walter, warte noch ein wenig, wir müssen dir noch etwas sagen. Rosina will ihr Musikstudium aufgeben und wieder nach Hause kommen, weil die letzte Prüfung sie doch sehr mitgenommen hat, und sie sie außerdem auch nicht bestanden hat. Du hast doch sicherlich nichts dagegen, dass sie wieder bei uns wohnt und bei uns bleibt?" Die Tür war noch halb geöffnet, den Drücker hielt er noch in der Hand, dabei schoss ihm ein Gedanke durch den Kopf: die beiden rechnen schon damit, dass meine Ehe kinderlos bleibt und Rosina dann unsere Erbin wird. Sein Gesicht verfinsterte sich und das Blut stieg ihm zu Kopfe. Dann sah er Rosina fast feindlich in die Augen und antwortete: „Was soll ich dagegen haben, wenn du wieder zurückkommst und hier bleibst? Später bekommst du ja doch einmal alles!" Ohne Gruß verließ er dann das Haus. Veronika und Rosina aber blieben verstört zurück. Unter Tränen fragte Rosina: „Was meint Walter damit, dass ich einmal alles kriege? Es geht mir doch nicht ums Erben. Er ist doch noch ein junger Mann und er soll den ganzen Kram seinen Kindern hinterlassen." Bei diesen Worten nahm ihre Mutter beide Hände vor das Gesicht und begann lautlos zu weinen. Nun wusste Rosina, weshalb ihre Mutter oft so niedergeschlagen und traurig war, und dabei heimliche Tränen vergoss. Ihr wurde plötzlich bewusst, dass in letzter Zeit zwischen den Eltern nicht mehr alles so war wie am Anfang der Ehe. Sie rückte mit ihrem Stuhl dicht an die Mutter heran und legte ihren Arm um sie. Veronika lehnte ihren müden Kopf an die Schulter der Tochter und weinte leise vor sich hin. Nachdem sie sich etwas beruhigt hatte, zog sie den Kopf von Rosina zu sich herab, küsste sie und sagte mit einem ausdruckslosen Lächeln: „Ja, wenn wir Kinder hätten!"

Nachdem Rosina volljährig geworden war, kam sie mit einer ungewöhnlichen Bitte zu ihrer Mutter. Zunächst wusste sie gar nicht, womit sie beginnen Bestzsollte, um das, was sie gerne ihrer Mutter zu erklären wollte Dann nahm sie die Hand ihrer Mutter und sagte: „Mutter, ich bin jetzt volljährig und habe mir überlegt, dass ich meinen Nachnamen gerne ändern möchte und dafür deinen Geburtsnamen –Berger- haben möchte." Veronika wusste zunächst nicht, was sie darauf antworten sollte. Als sie diese Bitte innerlich erst richtig verdaut hatte, stellte sie die Frage: „Warum möchtest du deinen Namen, den du nun schon über einundzwanzig Jahre trägst, plötzlich ablegen und durch einen neuen Namen ersetzen?" Rosina wusste es eigentlich selber nicht, aber etwas Unbegreifliches hatte über sie Besitz ergriffen, weshalb sie nach einem anderen Namen suchte. Ihrer Mutter sagte sie dann: „Ich habe vor langer Zeit mal etwas über Esoterik gelesen, aber eine richtige Erklärung dazu kann ich dir nicht geben. Es verbirgt sich aber folgendes dahinter: das Wahre, Geheime und das Innerliche. Wenn ich die Zusammenhänge auch nicht richtig deuten kann, so habe ich aus unerklärlichen Gründen einfach das Bedürfnis, meinen Hausnamen zu ändern." Nach einem längeren Schweigen atmete Veronika dann tief durch und gab zur Antwort: „Rosina, dein Begehren auf eine Namensänderung verstehe ich zwar nicht richtig und dennoch, obwohl es für mich etwas unverständlich ist, gebe ich dir meine Zustimmung dazu." Nachdem bei den zuständigen Behörden entsprechende Anträge gestellt wurden, verrann einige Zeit, bis die amtliche Bestätigung auf die vollzogene Namensänderung „Berger" vorlag.

Im Frühherbst gab es im Garten sehr viel Arbeit. Die vertrockneten Sommerblumen mussten herausgenommen werden und die Stauden hatten einen Rückschnitt notwendig. Das nächste Jahr verlangte schon jetzt viele Vorarbeiten, damit auch in der nächsten Blütezeit genügend Licht und Luft vorhanden war. Im Eifer der Arbeit hatte Walter seine trüben Gedanken vergessen, aber er ärgerte sich, dass er Rosina gegenüber so bösartig gewesen war. Was konnte sie dafür, dass Veronika keine Kinder bekommen konnte. Er überlegte sich, wie er seine groben Worte wieder gut machen konnte. Bei diesen Gedanken hörte er plötzlich das Gartentor quietschen, und als er aus seiner gebückten Haltung nach dem Eingang blickte, kam Rosina den Weg entlang. Farbenfroh standen die Dahlien an beiden Seiten des Weges. Mittendrin aber schritt Rosina, größer als die Blumen und jugendschön auf ihn zu. Sie hatte vor lauter Eile und Verlegenheit ein rosiges Gesicht bekommen und in den blauen Augen stand eine unausgesprochene Bitte. Walter war aufgestanden und streckte ihr beide mit Erde behafteten Hände entgegen, die sie mit dem festem Druck ihrer schmalen Finger umfasste. Walter wollte sich für das, was er Rosina mit seinen bösen Worten angetan hatte, auch gleich entschuldigen, dann aber erkannte er, dass Rosina ihm seine unbedachten Worte nicht nachtrug. Er empfing sie nur mit den Worten: „Ich danke dir, dass du gekommen bist." Innerlich erregt nahmen beide nebeneinander die Gartenarbeit auf. Rosinas gepflegte Hände gruben neben den bereits schmutzigen

Händen von Walter in der regenfeuchten und lehmigen Erde herum. Sie hatte flinke und geschickte Finger, und sein Blick irrte immer wieder auf ihren schlanken und leicht gebräunten Unterarm. Im Wetteifer wurden die letzten Pflänzlinge ins Erdreich gesetzt und am Ende waren sie froh darüber wie kleine Kinder.

Für den Heimweg schnitt Walter noch einen großen Strauß von den farbenfrohen Dahlien ab, die Rosina trug. Er selbst nahm im Korbe noch Gemüse und die letzten Sommerblumen mit. Im fröhlichen Gespräch miteinander schritten sie heimwärts, wobei ihnen der Heimweg noch niemals so kurz vorgekommen war. Mit bangem Herzen und innerlich erregt wartete Veronika bereits vor der Haustür. Als sie dann beide in der schon beginnenden Dämmerung einträchtig nebeneinander die Straße entlangkommen sah, wich die Spannung von ihr und das Gesicht glättete sich wieder. Walter und Rosina traten unbefangen näher und begrüßten Veronika. Der Abend verlief in Frieden und guter Stimmung. Rosina ging etwas früher als die Eltern zu Bett. Bevor sie einschlief, kam Veronika noch in ihre Kammer und dankte ihr für den ruhigen Ausgang des Tages mit den Worten: „Es wäre gut, wenn du die trüben Gedanken Walters für immer verscheuchen könntest."

Der Winter verlief bei Steiners in guter Eintracht. Luise, der gute Geist im Hause, machte sich überall nützlich, wo es etwas zu tun gab. Aber bisweilen beklagte sie sich, dass ihr nicht mehr genügend Arbeit gelassen werde, so dass sie sich dann überflüssig vorkomme. Dann nahm Rosina die Freundin ihrer Kindheit in den Arm und beruhigte sie: „Du bleibst immer bei uns, und wenn ich einmal Kinder habe, so ziehst du sie groß, wie du es früher bei Walter und mir gemacht hast." Über diese herzensguten

Worte strahlte Luise über das ganze Gesicht und meinte dazu: „Ja, es müssen wieder Kinder ins Haus! Das ist auch für Walter besser." Ein ganz neues Leben war im Hause Steiners eingekehrt. Immer, wenn Rosina ihre frische und schöne Stimme erklingen ließ, wurde ersichtlich, wie Walter innerlich aufblühte und nach dieser Stimme lauschte. Ihr Musikstudium hatte Rosina ja leider abgebrochen, aber die verbrachte Zeit war nicht umsonst gewesen. An manchen Abenden ließ sie immer wieder ihre Stimme zur Freude ihrer Eltern, besonders aber für Walter, erklingen. Bisher hatten sich die Eltern nur wenig um Konzerte und Theater gekümmert. Durch ihre Tochter Rosina lernten sie allerdings in den dunklen und kalten Herbst- und Wintertagen viel Schönheit kennen, die ihnen sonst verschlossen geblieben wäre. Die Mutter meinte: „Deine Jahre auf der Musikschule waren doch nicht umsonst." Diese unverhoffte Anerkennung durch die Mutter brachte ihr dann als Dankeschön von Rosina einen ganz herzhaften Kuss ein.

Veronika war nicht immer zum Ausgehen bereit. Sie war inzwischen etwas bequemer und rundlicher geworden. Deshalb ließ sie die beiden oft allein ausgehen. Diese kurze Zeit der Zweisamkeit genossen dann beide, und vielleicht sagte Rosina oder Walter ganz beiläufig: „Schade, dass die Mutter nicht bei uns ist." An manchen Abenden spielte Rosina häufig am Klavier, während die Mutter mit einer Handarbeit beschäftigt war. Walter machte es sich dann im alten Lehnstuhl bequem, in dem sich auch schon der Großvater von der harten Arbeit ausgeruht hatte. Die Klavierlampe erhellte das Gesicht Rosinas ein wenig und verzauberte das schöne Antlitz, dabei war sie in ihrer Musik ganz versunken. So oft Walter auch den Blick von ihr abwandte, immer wieder fing der helle Schein, der über den stillen Zügen vom Gesicht Rosinas lag, seine Augen unbewusst aufs Neue ein. Ein solcher Abend war es, als Walter wieder einmal das reizende und schöne Gesicht Rosinas im Stillen betrachtete. Er erschrak, denn aus ihrem Gesicht war alles Heitere verschwunden und es strahlte eine tief empfundene Wehmut aus. Eine verborgene Angst überfiel ihn, weil er glaubte, sie sei unendlich traurig, weil vielleicht eine unerwiderte Liebe daran Schuld wäre. Aber an wen mochte Rosina in diesem Augenblick beim Klavierspiel denken? Allein diese Vorstellung, dass sie eventuell einen anderen, den er aber nicht kannte, liebte, brachte sein unruhiges Herz völlig durcheinander.

Unter dem Vorwand, dass er noch etwas frische Luft schöpfen wolle, verließ Walter das Haus und stürmte zu einer Anhöhe empor, von der aus man die vielen Lichter der Stadt leuchten sah. In der Finsternis aber sah er, während seine eiligen Schritte durch den späten Abend hallten, immer nur das reizende Gesicht von Rosina. Ein kalter Wind trieb leichte Flocken über die Anhöhen der Berge, wovon Walter, versunken in Gedanken, aber nichts wahrnahm. Zu der Sorge um Rosina war plötzlich eine neue Not entstanden, die ihn tief erschütterte. Eigentlich ging es ihn nichts an, wenn oder wen Rosina liebte. Sie war doch alt genug dafür und brauchte in ihrer scheinbaren Not doch nicht seinen Rat. Bei ihrer Klugheit war sie sicherlich nicht auf seine Hilfe angewiesen. Das aber war gar nicht der wahre Grund seiner Sorge! Im dichter werdenden Schneetreiben und dem kalten Wind, der sich auftat, erkannte er, dass er nur an sich selbst gedacht hatte und von der Angst beseelt war, Rosina an einen anderen zu verlieren. Er konnte sich sein Haus, wenn sie vielleicht einmal fortginge, nicht ohne ihr fröhliches Singen und das schöne

Gesicht vorstellen. Andererseits aber sagte er sich, ich bin doch mit Veronika verheiratet und darf oder kann sie deshalb auch nicht verlassen. Obwohl er seine Frau noch immer sehr gern hatte und auch noch liebte, sehnte sich sein Herz nach einer Jugend wie Rosina. Er blieb stehen. In diesem Aufruhr der Gefühle, Empfindungen und Gedanken klammerte er sich an einen der Bäume, die am Straßenrand standen und in deren Ästen der Schneesturm wütete. Die Lichter der Stadt waren durch den Wirbel der Schneeflocken nicht mehr sichtbar. Er fühlte sich allein auf der Welt, und das Brausen der Elemente ließ auch ihn innen und außen vor Kälte schütteln. Wer sollte und konnte ihm im Wirrwarr seiner Gefühle überhaupt noch beistehen, auch Veronika nicht, an deren klaren Verstand er sich sonst gewandt hätte. Hier musste er den Weg allein finden. Doch bei allem, was er zu tun gedachte, Veronika und Rosina sollten darunter nicht leiden, so sehr er selbst leiden müsste, wenn Rosina einem anderen folgte. Sehr spät kam er heim. Veronika und Rosina waren schon zur Ruhe gegangen. Besorgt sah Veronika ihn an, als er den letzten Schnee von den Kleidern schüttelte und meinte: „Ich sehe es dir an, dass du total durchgefroren bist, komm zu mir, damit ich dich in meine warmen Arme nehmen kann." Hier fühlte er sich wohl und geborgen. Vor lauter Müdigkeit schloss er seine Augen und schlummerte in einen Traum hinüber. Er sah das gütige Gesicht von Veronika. Dieses Gesicht aber veränderte sich, die kleinen Falten verschwanden und auch die grauen Haare an den Schläfen.   Dann aber zeigte sich ein schmales und frisches Gesicht, bis nur noch die lieblichen Züge von Rosina übrig blieben.

Dem kalten Winter folgte ein schöner Frühling. Dass Rosina eine völlig andere geworden war, nahm Veronika mit ihren Augen wehmütig zur Kenntnis. Seit der Geburt hatte sie an allen Freuden und Leiden teilgenommen und kannte auch ihre kleinen Geheimnisse, jetzt aber erkannte sie, dass Rosina sich vor ihr versteckte und ihr etwas verbarg, an dem sie schwer trug. Und Rosina selbst? Sie hatte ihre Musikausbildung abgebrochen, weil sie so gern in der Heimat bei der Mutter und Walter bleiben wollte. Gerade ihm wollte sie über die trüben Gedanken hinweghelfen, als sie die Ursache seines Kummers erfahren hatte. Sie war doch so jung und ausgelassen! Nicht anders als in ihrer Schulzeit, als Walter mir ihr im Haus herumtollte. Nun aber merkte sie, dass sie kein Kind mehr war und dass ihr Frohsinn dem Jugendfreund nicht das Lachen eigener Kinder ersetzen konnte. Ein grenzenloses Mitleid mit Walter bewegte sie immer stärker. Worüber ihr aber besonders ängstlich und bange wurde, war die Erkenntnis, dass sie Walter nicht mehr mit den Augen eines Kindes oder dem eines jungen Mädchen ansah, sondern mit den Augen einer liebenden Frau. Trotz allem konnte sie in fröhlichen Stunden immer noch mit ihm lachen wie früher. Wenn aber die Traurigkeit in seinem Gesicht zu erkennen war und nicht weichen wollte und er dabei in eine Ecke starrte, wenn er auch im Berggarten einsilbig wurde, dann hätte sie am liebsten Walter in ihre Arme genommen und ihm den Kummer weggeküsst. In vielen Stunden wusste sie manchmal nicht mehr ein noch aus. Was sollte sie nur machen, sie konnte ihrer Mutter doch nicht ihren Walter, den sie noch immer gern hatte und auch liebte, wegnehmen. Sie wusste aber auch, dass Walter die Mutter immer noch lieb hatte, obwohl sie ihm keine Kinder schenken konnte.

Seitdem Walter erkannt hatte, dass Rosina eine unerfüllte Liebe mit sich herumtrug, stürzte er sich zur Betäubung seiner inneren Not noch mehr als sonst in jede Arbeit. Im Berggarten grub er ohne fremde Hilfe das ganze Land allein um. Noch vor den Gesellen und dem anderen Hilfspersonal stand er in der Schlachterei, um alles vorzubereiten, damit die Wurst und das übrige Fleisch, das für den Verkauf benötigt wurde, auch hergerichtet werden konnte. Nach getaner Arbeit war er am Abend dann rechtschaffend müde und bedurfte der Ruhe.

Trotzdem ging er immer öfters in die Wirtschaften und wurde bald an verschiedenen Stammtischen ein regelmäßiger Gast. Das alles nur deshalb, weil er möglichst wenig mit Rosina Kontakt haben wollte. Wenn Veronika ihm dann manchmal Vorhaltungen machte, begehrte er mürrisch auf und selbst wenn sie weinte, so übersah er ihre Tränen. Nur wenn manchmal sein kleiner Patenjunge aus dem Nachbarhaus in den Laden kam, zeigte er sich weich und fröhlich und nahm sich etwas Zeit für ihn. In solchen Momenten erkannte Veronika, dass sie ihren geliebten Walter irgendwann einmal verlieren würde. Bei einer passenden Gelegenheit versuchte sie vorsichtig und mit klopfenden Herzen, Walter davon zu überzeugen, dass sie die Scheidung einreichen sollten, wobei allerdings vorab geklärt werden müsse, ob eine Ehe wegen Kinderlosigkeit ohne Anfechtung geschieden werden könne. Ein solcher Vorschlag traf Walter wie ein Blitzschlag, zunächst wehrte er sich sehr heftig und wurde auch grob dabei, aber dann, als sich der erste Schreck gelegt hatte, versuchte er seine Frau zu herzigen und mit einer liebevollen Zärtlichkeit zu überschütten.

Wie in jedem anderen Jahr wurde im Ort das Frühlingsfest gefeiert. In der Festhalle saßen Veronika und Rosina rechts und links von Walter, die Hausdame Luise ein wenig abseits dahinter. Als die Kapelle zum Tanz aufspielte, tanzte Walter zunächst mit seiner Frau Veronika, die sich ohne Anstrengung im Tanze noch schwungvoll drehen ließ. Als Walter dann Rosina in seinen Armen hielt und mit ihr im Walzertakt durch den Saal schwebte, war es ihm, als hätte er vorher noch niemals die berauschende Lust des Tanzes empfunden. Sie sprachen kein einziges Wort miteinander, sahen sich auch nicht an und waren trotzdem wunschlos glücklich. Andere Festteilnehmer kamen und holten Veronika und Rosina sehr oft zum Tanzen. Dass Veronika noch immer von den anwesenden Männern begehrt war und zum Tanz aufgefordert wurde, machte Walter doch ein wenig stolz. Wenn aber andere junge Tänzer Rosina zum Tanz aufforderten, so gab ihm das einen Stich ins Herz. Misstrauisch verfolgte er dann mit seinen Blicken das junge Paar und war jedes Mal froh darüber, wenn Rosina wieder an den Tisch zurückkehrte. Aber so sehr er sie auch beobachte, er fand keinen Anlass, dass einer der jungen Männer ihr näher stand als die anderen. Kurz nach Mitternacht machten sich Walter und die beiden Frauen auf den Heimweg. Zufrieden mit dem Verlauf des Tages schritten sie durch die Frühlingsnacht, über der die Sichel des Mondes stand. An der Stelle, wo Walter vor einigen Jahren Veronika zum ersten Male geküsst hatte, nahm diese seinen Arm und blickte ihm fragend ins Gesicht. Da zog er auch die Hand Rosinas durch seinen Arm, die leicht und willig liegen blieb. So schritten sie durch den Duft der Frühlingsblumen, der aus den Gärten der stillen Straße schwebte. Jeder war mit seinen Gedanken beschäftigt. Walter träumte von etwas ganz anderem und dachte nur:

„Ach, könnte ich doch zwischen den Frauen bis an das Ende der Welt und bis an das Ende meiner Tage schreiten, beglückt und wunschlos, zur einen Hand die Frau, die ich noch immer liebe, zur anderen die noch junge und fröhliche Rosina."

Zu dem Zeitpunkt, als Walter nicht mehr die Dorfkneipen aufsuchte und am Abend zu Hause blieb, war wieder der Friede und etwas Glück ins Haus eingekehrt. Veronika lebte wieder auf und Rosina saß still und versonnen am Klavier.

Der Berggarten wurde wie früher in guter Eintracht gemeinsam bewirtschaftet. An den Blumen sah man, wie sorgfältig und mit welch einer Mühe der Garten gepflegt wurde. Am liebsten aber schaffte Walter dort zusammen mit Rosina. Es wurde nicht viel miteinander geredet, aber jeder war schon allein durch die Nähe des anderen beglückt. Man sah es Veronika an, wie froh sie über den Wandel im Wesen Walters war. Die Veränderungen konnte sie sich nur so erklären, dass Rosina mit ihrer fröhlichen Lebensweise die trüben Gedanken von Walter verscheucht habe, wie sie es schon in den ersten Wintermonaten getan hatte. Sie sann darüber nach, ob sie die beiden deshalb zu einer Tageswanderung über die Almen zu den Bergen ermuntern sollte, von der schon oft geredet wurde. Über diesen Vorschlag war Walter insgeheim sehr froh, zierte sich aber noch ein wenig und meinte dazu: „Sollten wir so einen Wandertag nicht alle zusammen, das heißt auch mit dir, machen?" Das allerdings lehnte Veronika ab und es gelang ihr, die Zustimmung der beiden zu bekommen.

Die Vorbereitungen dazu waren abgeschlossen und der gewählte Tag konnte nicht besser sein, denn ein strahlend blauer Himmel mit leichtem Ostwind und kleinen weißen Wolken am Himmel verzauberte schon jetzt den verheißungsvollen Tag. Der Blick durchs Wagenfenster zeigte den Laubwald im frischen Grün und die Kiefern schmückten ihr dunkles Kleid mit hellen Trieben. Am Ziel angelangt, wanderten sie durchs Wiesental, wo der Forellenbach seine blinkenden Wellen im kristallklaren Wasser zeigte. Auf dem hellen Grunde des Baches standen rot getupft die Forellen unbewegt, wenn aber die Tritte der herankommenden Wandersleute den Boden erschütterten, verschwanden sie blitzartig im Gestrüpp des Ufers. Walter und Rosina wanderten gemächlich den Pfad entlang, der bald im Wiesengrunde, bald über der Böschung zu den fernen Bergen strebte. Der schöne Tag lag vor ihnen und sie hatten viel Zeit, besonders aber zählte, sie hatten sich! Bisher hatten sie noch nie die Gelegenheit gehabt, zu zweit durch die Einsamkeit zu wandern, inmitten der Natur, wo einer dem anderen in tiefster Seele verbunden war. Die bunten Schmetterlinge flatterten über die Wiesenblumen. Beim Liebesspiel stiegen sie hoch in den blauen Himmel und sanken dann wieder herab in das Bett der Blüten. In den hohen Bäumen lockten die Vögel. Nach vielen Stunden der Wanderung kehrten Rosina und Walter hungrig und durstig in ein Wirtshaus ein.

Hier saßen sie im Schatten einer Buchenlaube, waren versonnen und in sich gekehrt und genossen den warmen Wind des Junimondes. Gestärkt ging es hinab ins Wiesental und in den Schatten seiner Bäume. Am Rande des Baches machten sie ein wenig Rast, ließen das kühle Wasser über die warmen Füße rinnen und watschelten lachend über den weißen Sand. Das erinnerte sie an die Zeit, als sie vor vielen Jahren als Kinder im Mühlbach herumgelaufen waren.

Rosina pflückte für ihre Mutter einen dicken Strauß bunter Wiesenblumen, um ihr daheim ein wenig Freude zu bereiten. Als der Bach dort endete, wo die klare Quelle sprudelte, löschten sie noch einmal ihren Durst und betraten dann die freie Heide. Sie wanderten langsam Hand in Hand dem Walde zu. Dunkle Kiefern, helle Tannen nahmen die Wanderer in Empfang und schlossen schützend den Kreis um sie. Auf einer Lichtung überkam es die beiden. Sie konnten sich nicht mehr dagegen wehren und im Rausch ihrer Sinne umarmten und küssten sie sich voller Hingabe. Rosina entfielen die Blumen, die sie für ihre Mutter gepflückt hatte. Bei dem Kuss, der nicht enden wollte, sanken beide zu Boden.

Erst am späten Abend kehrten sie heim. Veronika hatte sich schon zur Ruhe begeben. Rosina ging trotzdem noch zu ihrer Mutter, um ihr eine gute Nacht zu wünschen. Als sie jedoch hinauswollte, fragte die Mutter: „War es ein schöner Tag?" Beschämt antwortete Rosina: „Ja Mutter, es war ein sehr schöner Tag." Mit einem zärtlichen Kuss verließ sie dann ihre Mutter. Bei Walter wollte der Schlaf nicht kommen. Er lag noch lange wach, während neben ihm seine Veronika schon ruhig atmete. Was sollte er nur tun? Er wusste, dass seine Liebe zu Rosina unentschuldbar und auch gemein war. Gegenüber Veronika hatte er doch seine Treue und Liebe für immer geschworen, gleichermaßen vor dem irdischen Gesetz wie auch vor Gott. Wie aber kam es, dass diese Liebe ihn und zugleich auch Rosina überfallen und damit beider Herzen in Unruhe versetzten konnte. Je mehr er auch darüber seinen Kopf zerbrach und grübelte, umso fester verstrickte er sich in einem Netz von Vorwürfen und sehnsüchtigen Wünschen.

Der Herbst war gekommen, der Sturm heulte und der Regen schlug klatschend gegen das Kammerfenster, als Luise ein leises Klopfen an ihrer Kammertür vernahm. Sie stand auf und ging zur Tür. Als sie diese öffnete, stand Rosina im Nachthemd vor ihr und konnte nur noch flüstern: „Luise, du musst mir helfen, ich weiß nicht mehr, was ich machen soll, und an wen ich mich außer dir sonst noch wenden kann." Luise zog die völlig aufgelöste Rosina ins Zimmer und machte ihr ein wenig Platz in ihrem warmen Bett. In den vergangenen Jahren, als Rosina noch jung war, kam sie öfters zu ihr, um sich einen Rat oder Trost zu holen. Sie fragte deshalb: „Rosina, wo drückt der Schuh oder mit welchem großen Kummer kommst du heute in der Nacht zu mir?" Da schlang die junge Rosina die Arme um die alte Freundin und flüsterte ihr ins Ohr: „Ich bekomme ein Kind!" Luise erschrak zunächst sehr heftig und richtete sich dann auf. Von dieser Mitteilung noch immer entsetzt, stotterte sie: „Du ein Kind? Und von wem?" „Ach, meine liebe Luise ich mag gar nicht darauf antworten, denn du wirst es mir kaum glauben. Walter wird der Vater sein, und diese schreckliche Botschaft sollst du meiner Mutter schonend überbringen." Unter Tränen sank Luise hilflos auf ihr Bett und fragte verzagt: „Das soll ich deiner Mutter sagen? Rosina, wie konntet ihr euch nur so vergessen!" Rosina schaute sie verständnislos an und antwortete: „Ich habe ihn doch so unendlich lieb und dann bekommt er eben von mir das Kind, das meine Mutter ihm nicht schenken konnte! Sollte man darüber nicht sehr glücklich sein?" „Weiß Walter schon von deinem Zustand und dass du ein Kind unter deinem Herzen trägst?" „Nein, noch nicht, und er soll es auch vorläufig noch nicht erfahren. Bitte sorge dafür, dass ich zunächst von hier fortkomme. Wenn erst einmal das Kind da ist, dann soll es mir gleich sein, was die Leute im Ort über mich reden."

Nach geraumer Zeit, als Luise sich wieder ein wenig gefasst hatte, aber trotzdem noch nicht antwortete, drängte Rosina sie: „Du hilfst mir doch und bringst es der Mutter schonend bei?" Jetzt legte Luise ihren Arm um Rosina, wie sie es schon früher getan hatte, wenn diese in Nöten zu ihr kam. Zuversichtlich äußerte sie sich dann: „Ich werde mit deiner Mutter sprechen. Es wird zwar für sie nicht einfach sein, das zu verstehen, was mit euch beiden passiert ist, ich weiß aber auch, dass sie tapfer sein wird, und dann alles so ordnen wird, wie es am besten für euch alle ist." Diese Worte machten Rosina sehr fröhlich und mit Dank schmiegte sie sich an Luise und vergoss zur Erleichterung noch ein paar Tränen. Die Ängste der letzten Wochen wichen von ihr und die müden und verspannten Glieder lösten sich. Nach einer kurzen Zeit vernahm Luise die regelmäßigen Atemzüge der Schlafenden. Sie selbst aber war noch lange wach im Zwiespalt der Gefühle. Veronika, Rosina und auch Walter standen ihr gleichermaßen nahe. Wie gern hätte sie alle drei glücklich gesehen! Doch nun hieß es, Veronika den größten Schmerz ihres Lebens anzutun. Jeder Tag offenbarte ihr, dass sie ihren Mann Walter immer noch sehr liebte. Doch wie konnte Walter nur so herzlos sein und ihr diese Schmach antun? Obwohl sich ihr ganzes inneres Empfinden gegen Walter empörte, verstand sie andererseits seinen Schmerz, dass Veronika ihm keine Kinder schenken konnte. Rosina war hilflos in eine Leidenschaft und Verstrickung getaumelt, aus der es kein Entkommen gab, weil sie Walter über alles liebte und auch von ihm geliebt wurde. Das musste wohl stärker sein als aller Verstand. Nun kam noch ein Kind dazu, das Rosina erwartete! Was konnte denn das Kind dafür, wenn seine Eltern sich gegen Veronika vergangen hatten. Erst in den Morgenstunden wurde Luise aus dieser Wirrnis ihrer Gedanken durch einen kurzen Schlaf erlöst.

Nachdem sie wieder wach wurde, stellte sie fest, dass das Bett neben ihr bereits leer war. Sie stand auf, aber die Füße waren ihr schwer geworden und im Kopf war eine dumpfe Leere. Benommen ging sie ihrer gewohnten Arbeit nach. Wie sollte sie in diesem Zustand Veronika die unheilvolle Botschaft überbringen? Verzweifelt stand sie in der Küche beim Geschirrspülen und die Tränen rollten ihr über die Wangen.

Plötzlich stand Veronika neben ihr, die einen Augenblick stutzte und dann fragte: „Was hast du denn nur? Geht es dir nicht gut?" Luise wandte den Kopf zur Seite, schluckte tapfer die Tränen hinunter und sagte mühsam: „Es ist nicht wegen mir, es handelt sich um Rosina." „Um Rosina? – Was ist mit Rosina?" Luise traute sich nicht, Veronika anzusehen, als sie mit leidvoller Stimme hervorstieß: „Sie bekommt ein Kind!" Veronika reagierte bestürzt: „Das ist nicht wahr! Von wem sollte sie ein Kind bekommen? Sie ist doch immer noch allein und hat auch keinen Freund." Luise aber blieb dabei und gab zur Antwort: „Ich sag die Wahrheit … und der Vater des Kindes ist dein Walter." „Und der Vater des Kindes ist Walter!" Diesen schwerwiegenden Satz wiederholte Veronika mit schwerer Zunge. Luise sah, wie Veronika schwankte und wollte ihr beispringen. Aber diese hatte sich schon wieder in der Gewalt: „Lass mich nur! Ich gehe jetzt in mein Zimmer." Luise wollte sie zurückhalten, vertrat ihr den Weg und bat sie mit einem flehenden Blick „Du wirst doch keine Dummheiten machen?" Ein wehes Lächeln lief über Veronikas Gesicht, als sie antwortete: „Sei unbesorgt! Die beiden haben nicht an mich gedacht und dabei vergessen, wie es nunmehr weitergehen soll. Umso mehr muss ich an sie denken und auch an das Kind."

Etwas später saß Veronika schon bei ihrem Rechtsanwalt. Dieser wollte die noch immer hübsche und sicherlich auch begehrenswerte Frau mit freundlichen Worten begrüßen, besann sich aber, als er das mühsam beherrschte Gesicht sah. Deshalb fragte er nur nach ihren Wünschen. Ohne ihn anzusehen, erklärte sie mit tonloser Stimme: „Ich will mich scheiden lassen. Mein Mann ist mir untreu geworden." Der Anwalt fand zunächst nicht die richtigen Worte und wollte sein Mitgefühl ausdrücken. Sie aber wehrte mit einer müden Handbewegung ab und verlangte, dass er sofort die Klage einreichen solle. Als der Anwalt jedoch nach der betreffenden Dame fragte, die als Zeugin geladen werden müsse erwiderte Veronika: „Das ist nicht möglich." Nach einiger Zeit der Überzeugung durch den Anwalt gab sie dann jedoch an: „Meine eigene Tochter und mein Mann haben sich lieb gewonnen. Es wird wohl das Beste sein, wenn sie heiraten." Das alles sagte die Frau so ruhig, als wäre es etwas, was tagtäglich passiert. Mit dieser Situation musste sich der Anwalt zunächst einmal innerlich beschäftigen und meinte dann: „Es wird einige Schwierigkeiten geben, wenn die beiden tatsächlich heiraten möchten." Das sah Veronika allerdings nicht so, denn schon bei ihrer Eheschließung mit Walter sei vertraglich geregelt worden, dass das alleinige Sorgerecht für Rosina nur sie habe und damit auch keine rechtlichen wie auch verwandtschaftlichen Bindungen zu ihrem Mann bestünden. Dann besprach sie mit dem Anwalt alle weiteren Schritte und wies nochmals darauf hin, dass die Scheidung so schnell wie möglich erfolgen müsse, schon des Kindes wegen, das ihre Tochter schon unter ihrem Herzen trage.

Dabei blieb sie trotz aller vorgebrachten Bedenken seitens des Anwalts, und sagte weiter: „Walter ist ja kein schlechter Mensch. Er kann wohl nicht anders. Ich hätte nicht wieder heiraten sollen. Es taugt nichts, wenn die Frau älter ist als der Mann und sie ihm dann nicht einmal Kinder gebären kann, auf die er hofft. Wenn dann eine andere kommt, die diese Voraussetzungen mitbringt, ist alles aus. Aber besonders schlimm ist es, wenn es dann auch noch die eigene Tochter ist." Nach einem kurzen Schweigen fügte sie aber noch hinzu: „Trotz allem möchte ich die beiden glücklich sehen!"

Der Anwalt hatte ihre Hand genommen und dachte für sich: „Wer nicht an sich selbst, sondern nur an das Glück der anderen denkt, das ist stilles Heldentum." Sie saß mit starrem Gesicht da. Sie hätte sich so gerne einmal ausgeweint. Das aber konnte sie nicht. Die Sorge um die anderen war zu groß, als dass sie sich ihrem eigenen Kummer hätte hingeben dürfen. Beim Gehen schärfte sie dem Anwalt noch einmal ein, dass ihr Walter nichts davon erfahren dürfe, dass er Vater werde.

Als das Mittagessen aufgetragen wurde, erschien Veronika nicht. Müde und erschöpft hatte sie sich zu Bett gelegt. Als Walter sie dann aufsuchte und an ihrem Bett stand, blickte sie ihn ruhig und ernst in die Augen: „Walter ich weiß alles, was mit dir und Rosina bei eurer Wanderung passiert ist und dass ihr euch sehr lieb habt. Ich war heute beim Anwalt und habe die Scheidung eingereicht. Er wird alles Notwendige in die Wege leiten. Eine Vollmacht habe ich schon mitgebracht, die du nur noch mit deiner Unterschrift versehen musst. Mir wurde gesagt, dass die Klage bis zur Entscheidung mindestens anderthalb Jahre dauern wird. Das heißt, ihr müsst euch also noch einige Zeit gedulden und eine Trennung herbeiführen." Veronikas Mitteilung traf ihn wie ein Blitz aus heiterem Himmel. Nun, da sie es wusste, war es unnötig, jetzt noch eine Entschuldigung auszusprechen, es würde ohnehin nichts mehr zu ändern, denn das sah er in ihrem traurigen und entschlossenen Gesicht. Deshalb machte er auch keine Einwendungen, als sie ihm mit müder Stimme noch ihre weiteren Pläne darlegte: „Morgen früh fahre ich mit Rosina fort. Gib dir keine Mühe, unseren Aufenthalt zu erfahren und versprich mir, dass du dich mit Rosina nicht mehr treffen und auch nicht schreiben wirst, bis unsere Ehe geschieden ist. Wenn deine Liebe zu Rosina standhält, dann könnt ihr heiraten und wieder ein neues Leben anderswo beginnen. Schon der Leute wegen könnt ihr nach hier nicht wieder zurückkehren und den Gasthof mit der Fleischerei weiterführen. In der Zwischenzeit werde ich aber alles unternehmen, damit ich eine neue Bleibe für euch finde, wo ihr euch dann eine neue Existenz aufbauen könnt. Die Kosten dafür werde ich ganz alleine tragen."Er nickte nur wortlos; die Kehle war ihm wie zugeschnürt. In tiefer Beschämung verließ er die Kammer.

Am Tag darauf waren die Frauen mit dem Packen beschäftigt. Rosina und Luise liefen mit verweinten Augen umher. Veronika traf überlegen und klar ihre Anordnungen. In der Frühe des nächsten Morgens verließen Mutter und Tochter dann das Haus. Nur Luise begleitete sie zum Bahnhof und überbrachte Walter anschließend die letzten Grüße von Rosina. Dass Rosina schwanger war, sagte ihm auch Luise nicht, weil es ihr verboten war. Als es laut wurde, dass Veronika mit ihrer Tochter das Haus verlassen habe, gab es in der Nachbarschaft und der Kundschaft ein großes Aufsehen, vor allem, als man davon hörte, dass Walter die Scheidung beim Anwalt eingereicht habe.

Weil niemand im Ort den eigentlichen Grund dafür kannte, wurde viel darüber geredet und auch spekuliert. Nachdem alles im Geschäft so weiterlief wie bisher, schlief das Gerede bald ein. Walter zog sich zurück und wurde ein einsamer Mann. Sein ganzes Leben galt nur noch dem Geschäft und für stille Stunden auch dem Garten. Wenn er bisher sparsam gewesen war, so wurde er jetzt fast geizig. Sein Vertrauen zu Veronika war immer noch sehr groß, und er war deshalb sicher, dass sie alles zum Besten wenden würde.

Irgendwo im Norden von Deutschland, nicht weit von der Küste entfernt, saßen derweil die beiden Frauen in einer kleinen Wohnung. Wenn alles geregelt war, wollte Veronika wieder heimkehren und das Geschäft und den Gasthof wie gewohnt weiterführen. Jetzt aber hatten sie Zeit, weil es in der kleinen Wohnung nicht viel Arbeit gab. Diese Zeit nutzten sie, um gemeinsam die Ausstattung für das Kind zu nähen. Obwohl niemand mit dem anderen darüber sprach, waren ihre Gedanken doch viel daheim bei Walter. Umso mehr beschäftigten sie sich allerdings mit dem Kind, das noch auf sich warten ließ. Rosina litt schweigend darunter, dass sie das Glück der Mutterschaft allein tragen musste. An manchen Tagen war sie innerlich sehr aufgewühlt und trug schwer daran und machte sich Vorwürfe, dass sie ihrer Mutter den Geliebten geraubt hatte. Bei einem Versuch, ihre Mutter deshalb um Verzeihung zu bitten, war ihre Mutter aufgestanden und hatte ihr mit ernster Miene gesagt: „Daran lässt sich nun mal nichts mehr ändern. Sprechen wir nicht mehr davon!" Das wiederum machte Rosina das Herz sehr schwer, und sie verließ weinend das Zimmer.

In den Monaten des stillen Wartens kannte sich Veronika manchmal selbst nicht mehr. Sie war bald voller Neid, dass ihr Walter nun der Vater vom Kind ihrer Tochter werden sollte, ein Kind, das sie selber ihm schuldig war. Dann war sie wieder stolz und froh mit der Tochter und freute sich schon im Voraus auf den Augenblick, da Rosina ihren Jungen dem ahnungslosen Vater in die Arme legen würde. All das sollte aber erst nach der vollendeten Scheidung sein. Bis dahin sollte Walter noch im Ungewissen bleiben. Die Zeit rann dahin, und eines Tages war das Kind da und es war wirklich ein Junge. Rosina bat nun ihre Mutter, dass Walter endlich von der Geburt des Kindes Nachricht erhalten solle. Dieses lehnte ihre Mutter aber immer noch ab, weil sie der Meinung war, etwas Strafe für Walter müsse sein und eine Zeit der Selbstbesinnung und Prüfung sei für beide gut.

Insgeheim aber fürchtete sie ein plötzliches Wiedersehen mit Walter, den sie noch nicht ganz vergessen hatte, und dem noch immer ihre stille Liebe gehörte. Luise, die von der Geburt des Kindes eine Nachricht erhalten hatte, schrieb einen begeisterten Brief, in dem sie auch darauf hinwies, was sie alles für das Kind tun wolle, nur leider wusste sie noch nichts davon, dass Walter und Rosina nicht zurückkommen würden.

Nach zwei Jahren des Wartens sandte der Anwalt endlich den beiden das rechtskräftige Scheidungsurteil zu. Walter war auch dieses Mal sehr beschämt, als er die Begründung las, dass nur Veronika als Alleinschuldige erklärt sei, weil sie den Mann bösartig verlassen habe und trotz des Urteils auf Wiederherstellung der Ehe nach einem Jahr nicht zurückgekehrt sei. Walter hoffte nun darauf, dass er endlich eine Nachricht von Veronika über das weitere Vorgehen erhalten würde. Diese ließ sich aber noch viel Zeit und überlegte, wie es weitergehen sollte. Inzwischen war Rosinas Sohn schon ein Jahr alt, den Walter nun endlich sehen durfte und auch in seine Arme nehmen konnte, aber von dessen Existenz er noch gar nichts wusste.

Veronika war es inzwischen gelungen, eine neue Bleibe für ihre Kinder zu erwerben. Ein Makler bot in einer Zeitungsanzeige ein Gasthaus mit einer eigenen Fleischerei an, weil die derzeitigen Besitzer beides aus Altersgründen verpachten oder verkaufen wollten. Ohne Rosinas Wissen nahm sie zunächst mit dem Makler telefonisch Kontakt auf und vereinbarte auch gleich einen Besichtigungstermin. Mit einer plausiblen Ausrede gegenüber Rosina nahm sie den Termin dann ebenfalls allein mit dem Makler wahr. Sie war überrascht von dem gepflegten Anwesen und der gut eingerichteten Schlachterei. Vorhandene Unterlagen bewiesen, dass sowohl der Gasthof wie auch die Schlachterei genügend Rendite abwarfen. Es wurde ihr angeboten, beides zunächst zu pachten und dann eventuell mit einem eingetragenen Vorkaufsrecht nach einer vereinbarten Zeit käuflich zu übernehmen. Vor einer Vertragsbindung wollte sie allerdings noch ihren Anwalt konsultieren und sich beraten lassen. Erst jetzt, nachdem die ersten Schritte für einen Neuanfang getan waren, erzählte Veronika diese Neuigkeiten ihrer Tochter Rosina, die es aber kaum glauben wollte. Natürlich war Rosina von dem, was ihre Mutter da so stillschweigend eingefädelt hatte, sehr angetan und freute sich schon jetzt darauf, wenn alles unter Dach und Fach war. Daraufhin nahm Veronika alles Weitere in ihre Hand, um sich noch den Rat ihres Anwalts einzuholen. Später einigten sich Veronika und Rosina darauf, dass noch vor ihrer Heimreise die Hochzeit in dem Ort, wo sie derzeitig wohnten, stattfinden sollte. Der Anwalt wurde gebeten und erhielt den Auftrag, alle notwendigen Papiere zu beschaffen und sich auch um die erforderlichen Termine beim Standesamt wie auch beim Kirchenamt zu kümmern. Es wurde vereinbart, dass der Anwalt als Trauzeuge dienen sollte, wobei sich als zweiter Trauzeuge schon der Hauswirt ihrer derzeitigen Wohnung dazu bereit erklärt hatte. Nachdem nun alles geregelt war, wurde es notwendig, sich mit Walter zu verständigen, wie der weitere Ablauf gestaltet werden sollte. Auch diese Aufgabe übernahm der Anwalt und beriet sich zu Hause mit Walter, was noch alles zu tun sei. Walter entschloss sich, das Geschäft wie auch den Gasthof für eine Woche zu schließen, wovon er dann sein angestelltes Personal in Kenntnis setzte. Nur Luise, der Geselle und das Zimmermädchen, die ohnehin im Haus wohnten, sollten während dieser Zeit dort bleiben und auf das Haus achten.

Zwei Tage später sollte die Reise in den Norden zusammen mit dem Anwalt stattfinden. Innerlich aufgewühlt verbrachte Walter die nächsten Nächte und fand nur wenig Schlaf. Im Traum sah er ein verhärmtes Frauengesicht vor sich, aus dem die Augen ihn verächtlich fragten: „War das deine ganze und immer währende Liebe?" Am frühen Morgen verabschiedete er sich von seinen Leuten und ließ sich vom Anwalt mit dem Auto zum unbekannten Ziel bringen. Während der Fahrt wurde kaum ein Wort miteinander gesprochen. In sich gekehrt dachte Walter noch einmal über alles nach, was sich bisher ereignet hatte. Mit einem Angstgefühl dachte er an die erste Begegnung, die nun nach zwei Jahren mit Veronika und Rosina stattfinden sollte. Ob er wohl mit offenen Armen empfangen oder aber von Veronika zurückgewiesen würde? Verkehrsbedingt kamen sie erst spät am Abend am Zielort an. So spät wollten beide die Frauen eigentlich nicht mehr stören, weshalb sie in der Nähe ein Gasthaus für die Bleibe einer Nacht aufsuchten. Am Morgen danach wachte Walter einigermaßen frisch und gestärkt auf und fuhr mit dem Taxi zur Wohnung der Frauen. Der Anwalt wollte etwas später nachkommen. Als Walter die Haustürglocke betätigte, wurde die Tür schon geöffnet und Rosina stand vor ihm. Unerwartet warf sie ihm die Arme um den Hals mit den Worten: „Liebster, nun wird alles gut." Der erste Kuss wollte dann kein Ende nehmen. Er nahm ihren Kopf in beide Hände und stellte fest, sie sei noch reifer und auch noch schöner geworden. Als die erste stürmische Begegnung zu Ende war, lösten sie sich und gingen in die Wohnung. Durch die halbgeöffnete Tür zum Nebenzimmer meldete sich eine kräftige Kinderstimme. Er horchte auf und fragte: „Was ist denn das für eine Kinderstimme?" „Das ist unser Kind, ein Junge.", sagte sie und strahlte vor Glück und Stolz. „Er heißt Christoff nach seinem Großvater. Im nächsten Monat wird er schon ein Jahr alt." Diese Aussage traf ihn wie ein Blitz. Er riss sich von Rosina los und stürzte ins Nebenzimmer. Fassungslos kniete er vor dem Kinderwagen, in dem der Junge lag. Ein Weinen erschütterte den Mann, der die Jahre der Wirrnis ohne befreiende Tränen getragen hatte. Rosina hob das Kind aus den Kissen und übergab es Walter. „Das ist nun dein Kind, auf das du solange gewartet hast. Ich freue mich, dass du gekommen bist! Wenn du mich vergessen hättest, so solltest du niemals von unserem Kind etwas erfahren. So wollte es die Mutter. Ich aber wusste, dass du kommen würdest." Nachdem er sich von dem unerwarteten Ereignis einigermaßen erholt hatte, fragte er nach Veronika. Sie war ausgegangen, um den beiden die Gelegenheit zu geben, das erste Wiedersehen allein zu erleben. Etwas später kam dann Veronika zurück. So sah Walter die Frau, die er einmal mit ganzem Herzen so sehr geliebt hatte, vor fremden Augen wieder. Veronika reichte ihm mit unbewegtem Gesicht die Hand. Ihre Gesichtszüge waren schärfer geworden und ihr Haar hatte einen weißen Schimmer bekommen. Die Unterhaltung kam nicht recht in Gang. Jeder war mit seinen eigenen Gedanken beschäftigt, und nur das Kind hielt sie zusammen. Nach einiger Zeit hörten sie, dass ein Auto vorfuhr. Veronika schaute aus dem Fenster und sah, dass es der Anwalt war, mit dem nun noch vieles im Detail besprochen werden musste. Nach der Begrüßung überreichte er zunächst Walter die notwendigen Dokumente, die für die Eheschließung benötigt wurden.

Der Termin beim Standesamt war bereits für den nächsten Tag um 13 Uhr vereinbart. Innerlich aufgewühlt wollte Veronika im Standesamt nicht dabei sein. Sie blieb deshalb während dieser Zeit bei ihrem Enkelsohn. Die kirchliche Trauung sollte dann drei Stunden später sein. Auch in der Kirche war sie nicht dabei. Während der Einsegnung des Brautpaares blieb sie im Gasthaus. Sie hielt den Jungen fest in ihren Armen und weinte bitterlich. Als alles vorüber war, traf man sich zu einem kleinen Imbiss im Gasthaus, wo ihnen ein separater Gastraum abseits der anderen Gästen zur Verfügung stand. Veronika hatte sich schmerzlich dazu überwunden, an dieser kleinen Feier teilzunehmen. Eine rechte Stimmung wollte allerdings nicht aufkommen. Nach einer geraumen Zeit verließen sie das Gasthaus und gingen zurück in ihre Wohnung.

Was kam nun, wie sollte das Weiterleben der bisherigen Familie weitergehen? Walter und Rosina wussten inzwischen, dass sie nicht in ihre Heimat zurück durften. Sie waren deshalb überrascht, als Veronika sie bat, zusammen mit dem Anwalt noch eine Autofahrt nach außerhalb vorzunehmen. Hierüber bestand zwischen Veronika und dem Anwalt bereits eine stillschweigende Vereinbarung. Nach etwa einer Stunde Fahrzeit waren sie am Ziel. Ein kleines reizvolles Städtchen tat sich vor ihnen auf. Der Fahrer bahnte sich einen Weg durch die Stadt und hielt dann vor einem Gasthaus, an dem ein großes Schild mit der Aufschrift -Metzgerei und Gasthaus- zu sehen war. Weder Walter noch Rosina konnten sich darauf einen Reim machen, warum sie gerade hier eine Rast einlegten und von Veronika gebeten wurden, mit ihr dort einzukehren. Als sie die Gaststube betraten, raunte Rosina noch ganz leise Walter ins Ohr: „Es sieht fast so aus, als würden wir hier schon erwartet."

Mit ihrer Vermutung hatte sie auch Recht. Von den Eigentümern des Hauses wurden sie zu einem Tisch geführt, der in einer gemütlichen Ecke des Raumes stand. Sie machten sich gegenüber Rosina und Walter bekannt, denn den Anwalt wie auch Veronika kannten sie ja schon. Ohne einen Grund dafür zu nennen, bat der Hausherr dann Walter und Rosina, ihm zu folgen, damit sie sich das Haus mit all seinen Räumen und den Betriebseinrichtungen ansehen könnten. Nachdem sie alles eingehend begutachtet hatten, waren sie von dem Gesamtzustand des Hauses sichtlich beeindruckt und sprachen dem Hausherrn ihre Begeisterung und Anerkennung aus. Trotzdem wusste Walter immer noch nicht, weshalb und aus welchen Gründen man ihnen das Haus gezeigt hatte. Er fragte deshalb den Hausherrn: „Darf ich Sie einmal fragen, warum Sie uns Ihr Haus so ausführlich gezeigt haben?" Mit einem hintergründigen Lächeln gab er die Antwort und sagte: „ Ja, das dürfen sie, aber etwas Konkretes können Ihnen nur Ihre Mutter und der Anwalt sagen." Von Veronika und dem Anwalt wurden sie dann nach der Besichtigung erwartungsvoll empfangen. Nachdem beide wieder am Tisch saßen, stellte Veronika die Frage, wobei sie besonders Walter anschaute: „Seid ihr von dem, was ihr nun gesehen habt, sehr beeindruckt? – Würde ein so herrliches und gut geführtes Anwesen bei euch Interesse finden?" Zunächst wusste Walter nicht, was er darauf antworten sollte, dann aber sagte er: „Warum eigentlich diese Frage, liebe Veronika, Rosina und ich wissen, dass wir nicht zurückkommen dürfen und auch nicht können. Andererseits haben wir auch nicht das Geld dazu, um so ein Unternehmen zu pachten oder zu kaufen. Aber um deine Frage zu beantworten, all das, was wir hier gesehen haben, würde uns schon sehr gefallen und glücklich machen. Es wäre traumhaft, ein so gutes Unternehmen bewirtschaften zu dürfen, aber wie schon gesagt, dazu fehlt uns das nötige Kapital." Diese Aussage nahm Veronika ruhig und gelassen entgegen. Sie schwieg zunächst, dann aber bat sie den Anwalt, die mitgebrachten Unterlagen Walter und Rosina zu übergeben. Dieses tat der Anwalt mit den Worten: „Herr Steiner, im Namen von Frau Veronika soll ich Ihnen und Ihrer Frau Rosina diese Dokumente überreichen. Bitte schauen Sie gemeinsam hinein, und glauben Sie mir, dass die Vereinbarung, die das Dokument für Sie beide enthält, dazu dienen soll, Ihnen einen neuen Lebensabschnitt zu bieten, damit Sie glücklich in die Zukunft schauen können."

Mit zittriger Hand nahm Walter die Dokumente entgegen und öffnete sie mit einer kaum beschreibbaren inneren Spannung. Als er die ersten Zeilen gelesen hatte, hielt er inne und suchte nach einem Taschentuch, um sich die Augen zu putzen. Er las weiter und reichte dann aber, unfähig sich zu äußern, die Schriftstücke an Rosina weiter. Auch sie las mit Spannung den

Inhalt dieser Dokumente, war aber ebenso fassungslos wie Walter und konnte das, was dort geschrieben stand, zunächst in seiner Tragweite gar nicht erfassen. Sie dachte nur, das kann nicht wahr sein, was die Mutter für uns noch tut, obwohl wir sie so schändlich hintergangen und betrogen haben. Konnten sie so eine Großzügigkeit überhaupt mit einem reinen Gewissen annehmen und dabei auch noch glücklich werden? Vertraglich wurde festgelegt, dass das Geschäft einschließlich des Gasthofs zunächst für sechs Monate gepachtet, und dann, wenn alles zur Zufriedenheit beiderseits gelaufen sei, käuflich übernommen werden würde. Als Käufer waren Walter und Rosina ausgewiesen, wobei die Kaufsumme von Veronika geleistet werden sollte. Walter und Rosina wollten aufbegehren, weil sie glaubten, dass sie dieses nicht annehmen könnten. Veronika ließ sich aber nicht einschüchtern und gab zu verstehen, dass es nicht nur ihre Großzügigkeit, sondern gleichzeitig auch das Erbteil sei. Der Anwalt, der auch gleichzeitig Notar war, nahm die Dokumente noch einmal an sich und klärte die beiden über alle Einzelheiten des Vertrages auf. Abschließend betonte er, dass der Vertrag bis auf die Unterschriften aller Beteiligten nun fertig vorliege und hier zum endgültigen Abschluss gebracht werden könne. Walter aber bat noch um eine kurze Bedenkpause und verließ mit Rosina das Gastzimmer. Er war immer noch der Meinung, dass man allein, ohne die anderen, nochmals darüber reden müsse, um dann die richtige Entscheidung zu treffen. Rosina wollte davon gar nichts wissen und gab unter Tränen zu verstehen, man sollte das großzügige Geschenk ihrer Mutter unbedingt annehmen. Als beide zurückkamen, sah man es ihnen an, dass es ihnen nicht leicht gefallen war, sich für ein Ja zu entscheiden. Walter ging auf Veronika zu, drückte sie sehr zaghaft und sagte dazu: „Veronika, obwohl wir es nicht verdient haben, nehmen wir Dein großzügiges Anerbieten mit ewiger Dankbarkeit an." Rosina aber fiel ihrer Mutter unter Tränen um den Hals und bedankte sich mit vielen zärtlichen Küssen. Nachdem sich nun alle einig geworden waren, wurde der Gastwirt mit seiner Frau herbeigerufen. Der Anwalt erklärte noch einmal kurz die Situation und bat dann die beteiligten Vertragspartner, ihre Unterschrift zu leisten. Jetzt hieß es einen Terminplan aufzustellen, wie und wann die Übernahme erfolgen sollte und welche Vorbereitungen noch notwendig waren. Als Übernahmetag einigte man sich darauf, dass dieser Tag der Erste im nächsten Monat sei. Bis zu diesem Tag sollte Rosina noch in dieser Wohnung bleiben. Walter dagegen sollte mit Veronika heimfahren, um dort noch alles zu regeln. Es war notwendig, dass alle persönlichen Sachen von Rosina und Walter eingepackt wurden, damit diese zu gegebener Zeit ins neue Gasthaus gebracht werden konnten. Am nächsten Tag trat der Anwalt seine Heimreise mit dem Auto an. Walter nahm sich einen Leihwagen, um Veronikas Sachen mit heim zu nehmen. Spät abends kamen sie zu Hause an. Als sie schellten, erschien nach kurzer Zeit Luise und fiel Veronika lachend und weinend in die Arme. Sie war froh darüber, dass die Meisterin wieder daheim war und jetzt für immer wieder im Haus bleiben wollte. Beim Abendbrot sollte dann Veronika noch über alles berichten, was dort oben im Norden inzwischen passiert war. Walter und Veronika hatten allerdings einen schweren Tag hinter sich und dachten nur daran, sich zur Ruhe zu begeben. Der ausführliche Bericht sollte dann am nächsten Tag erfolgen. Veronika schlief traumlos bis in den hellen Morgen. Luise hatte sie schlafen lassen, dafür erntete sie aber wenig Dank.

Nach dem Frühstück ging Veronika durch alle Räume, es hatte sich nichts verändert, seit sie das Haus verlassen hatte. Sie kam in die Metzgerei, Geselle Richard und zwei Lehrlinge waren vollauf beschäftigt und unterbrachen ihre Arbeit nur für einen Augenblick, um die Meisterin zu begrüßen. Den zweiten Lehrling hatte Walter in Abwesenheit von Veronika eingestellt. Alles war in bester Ordnung, auch der Laden. Walter hatte nichts versäumt und Veronika hatte das auch nicht anders erwartet. Seine Pflicht hatte er nun einmal getan, wenigstens was die Arbeit anging! Nur ihr gegenüber … aber das hatte ja wohl so kommen müssen, wegen des Jungen, den sie ihm nicht schenken konnte. Inzwischen war Walter damit beschäftigt, das gesamte Eigentum von sich und Rosina herzurichten, damit dieses dann zum Norden ins neue Heim gebracht werden konnte. Nachdem alles verpackt und im Auto verstaut war, nahmen sich Veronika und Walter noch ein wenig Zeit, um abschließend noch verschiedene geschäftliche Angelegenheiten zu regeln. Walter wollte am nächsten Morgen fortfahren. Jetzt aber wollte er noch einmal allein sein und zum Berggarten hinauf wandern. Es wurde ihm schwer ums Herz, als er versuchte, seine Gedanken zu ordnen und darüber nachzudenken, was alles geschehen war. In dieser Stunde wollte er dort oben Abschied nehmen für immer. Nach seiner Rückkehr war Veronika nicht mehr zu sehen. Er legte sich deshalb schlafen, weil er am nächsten Tag schon früh am Morgen die Heimfahrt antreten wollte. Sein Frühstück nahm er zusammen mit Luise ein. Man sah es ihr an, dass sie geweint hatte und auch jetzt noch traurig war. Veronika war nicht zum Frühstück erschienen. Unschlüssig stand sie am Fenster in ihrem Zimmer und wusste nicht, ob sie den Abschied von Walter noch ertragen konnte. Bisher hatte sie in keiner Situation die Haltung verloren, jetzt aber bebten ihr die Knie. Sie ging trotzdem hinunter und stand vor Walter, dem man ansah, dass er noch etwas sagen wollte, aber kein Wort hervorbrachte. Da schlang die Frau die Arme um ihn, als wollte sie ihn niemals lassen. Ihre Lippen fanden sich noch einmal zu einem langen Kuss, der alles sagte, was der Mund nicht auszusprechen vermochte. Dann löste sie sich von Walter und sagte noch: „Werdet glücklich miteinander." Nach diesen Worten konnte sie nicht mehr und verschwand schnell auf ihr Zimmer. Hier fiel sie auf ihr Bett und weinte bitterlich. Luise erging es ebenso, sie begleitete Walter noch zum Auto und nahm ihn noch einmal fest in ihre Arme, wobei sie fragte: „Schreibst du einmal und berichtest uns, wie es euch geht?" Darauf konnte Walter nicht mehr antworten, denn schon saß er im Auto und fuhr davon.

Im Kreise der Bekannten und der Kundschaft machte man kein Aufhebens von der Rückkehr der Meisterin. Einer musste doch da sein, wenn das Geschäft nicht verkommen sollte. Da Walter gegangen war, so war es selbstverständlich, dass Veronika zurückkam. Um zu vergessen, was geschehen war, und weil auch Rosina nicht mehr da war, setzte sie ihre ganze Kraft für den Fortbestand des Geschäftes und des Gasthofes ein. Sie war überall zur Stelle und packte selbst mit an, wenn es notwendig war. Besonders schätzte sie, dass der von Walter eingestellte Mitarbeiter bereits Meister war und sie sich auf ihn voll und ganz verlassen konnte. Er war für die Fleischerei zuständig und tat seine Arbeit sehr umsichtig und mit Begeisterung. Veronika dagegen widmete sich mehr den Dingen, die für den Gasthof wichtig waren. Mit ihrer Energie und Weitsicht schaffte sie es, dass ihr Haus schon bald ein beliebter Treffpunkt wurde. Besonders die exzellente Küche wurde von allen Gästen sehr geschätzt. Wer einmal dort war, kam gerne wieder. Erst nach einem halben Jahr kam der erste lange Brief von Rosina. Wie vereinbart, berichtete sie über alle Ereignisse der ersten sechs Monate. Aus ihren Zeilen war zu lesen, wie stolz sie über das bisher Erreichte waren. Im Ort wurden sie schon nach kurzer Zeit anerkannt, weil sie immer gute Fleischwaren lieferten und im Gasthof schmackhafte Gerichte zur Auswahl hatten, die inzwischen überall bekannt waren. Sie schrieb auch, dass sie in der kurzen Zeit schon ihr Personal aufstocken konnten, wobei Walter noch das Glück hatte, einen sehr guten Koch zu bekommen. Rosina berichtete auch, dass sie schon in der Lage wären, ihre Pachtkosten selber zu bezahlen. Veronika möge doch davon Abstand nehmen, diese noch weiterhin zu überweisen. Es sei außerdem zu überlegen, ob man das gesamte Anwesen überhaupt kaufen solle Wie glücklich sie waren und welche Fortschritte der kleine Sohn machte, darüber berichtete sie nicht. Sie hatte Angst, dass sie ihrer Mutter damit neues Leid zufügen würde.

Diesen Brief nahm Veronika mit gemischten Gefühlen zur Kenntnis. Trotzdem blieb sie dabei, nachdem sie nun wusste, dass ihre Kinder einen erfolgreichen Start aufzuweisen hatten, dass das gesamte Anwesen wie im Vertrag erklärt, auch käuflich übernommen würde Um dieses zu realisieren, war es notwendig, dass sie nochmals den Anwalt aufsuchte. Das Gespräch sollte schon in den nächsten Tagen stattfinden. Es wurde vereinbart, dass alle noch notwendigen Formalitäten zwischen dem Anwalt und den Kindern, wie auch mit dem Eigentümer, geregelt werden sollten. Wenn alles unter Dach und Fach war, sollte man sie benachrichtigen, damit sie die Zahlung anweisen könnte. Es war ihr ausdrücklicher Wunsch, dass sie bei der letzten Vertragsabwicklung nicht dabei sein wollte. Inzwischen warteten Walter und Rosina auf eine Nachricht von ihrer Mutter, ob sie mit dem erhaltenen Vorschlag einverstanden war oder vielleicht doch noch anders entscheiden wollte. Umso mehr waren sie erstaunt, als plötzlich der Anwalt auftauchte, um den Kauf des Anwesens vertraglich zu vollziehen. An dem, was die Mutter nun unbedingt wollte, konnten beide nichts mehr ändern oder rückgängig machen. Sehr froh waren sie allerdings nicht darüber, denn noch immer trugen sie das beschämende Gefühl für ihre Taten mit sich herum, welches sie ihrer Mutter angetan hatten. Der alte Eigentümer, der noch eine kleine Wohnung mit seiner Frau im Gasthof hatte, wollte diese innerhalb von vier Wochen aufgeben.

Nachdem der Anwalt alles erledigt und die Heimreise angetreten hatte, wurde den beiden erst richtig bewusst, was geschehen war. Rosina dachte, dass ihre Beine sie nicht mehr tragen wollten und musste sich hinlegen. Dann weinte sie sehr lange und ganz bitterlich. Auch bei Walter wollte keine rechte Freude aufkommen, und er nahm Rosina fest in seine Arme. Nachdem ihre Herzen wieder etwas ruhiger geworden waren, stand Rosina wieder auf und setzte sich an den Tisch. Sie hatte das Bedürfnis, ihrer Mutter einen Brief zu schreiben. Es wurde ein langer, mit Tränen betupfter Dankesbrief. Sie schrieb aber auch von der Hoffnung, dass der Wunsch in ihr und Walter sei, dass alles zwischen ihnen wieder gut werden solle, damit irgendwann wieder ein unbefangenes Miteinander möglich sei.

Mit diesem Brief vergingen weitere Jahre, in denen kein Kontakt hin und her zustande kam. Die Geschäfte liefen bei Veronika wie auch bei Walter und Rosina in all den

Jahren sehr gut, und sie brauchten sich deshalb für die Zukunft keine Sorgen zu machen. Inzwischen hatte Veronika davon erfahren, dass Rosina ein zweites Kind bekommen hatte. Obwohl der Kontakt zu ihren Kindern noch immer fehlte, fühlte sie sich irgendwie doch als Großmutter, wobei ein stiller Wunsch nach so einer langen Zeit in ihr glühte, ihre Enkelkinder endlich einmal zu sehen.

Wieder gingen einige Wochen ins Land, ohne dass sich etwas geändert hatte. Dann kam plötzlich und unerwartet ein Brief von Rosina. Diesen Brief las sie nun schon zum zweiten Mal in der Zeit, wo sie im Garten auf der Bank saß. Dem Brief lag ein Bild von den Kindern bei. Als sie das Bild betrachtete, schlug ihr Herz ein wenig schneller, und die Sehnsucht nach diesen Kindern wurde noch viel stärker. Luise hatte sie schon einige Zeit beobachtet und wusste auch, was in ihr vorging. Sie ging nach draußen und setzte sich neben Veronika. Den Brief mit den Bildern hielt diese noch in ihren Händen. Als sie merkte, dass Luise neben ihr Platz genommen hatte, übergab sie ihr beides, ohne dabei ein Wort zu sagen. Auch Luise war von den Zeilen Rosinas und den Bildern sehr beeindruckt, und sie fragte dann Veronika sehr behutsam: „Wäre es nicht an der Zeit, dass du, noch besser gesagt, dass wir das, was inzwischen lange zurückliegt und geschehen ist, vergessen sollten und einen Neuanfang wagen? Ich sehe es dir doch an, dass du gerne einmal zu deinen Enkelkindern fahren möchtest, damit du diese in deine Arme schließen kannst. Nimm dir für einige Tage eine Auszeit und überrasche deine verlorenen Kinder und Enkelkinder mit einem unverhofften Besuch. In dieser Zeit werde ich hier Ordnung halten, und wenn ich darf, werde ich später einmal ebenfalls dort alle besuchen. Auf die Kinder freue ich mich ebenso wie du." Zunächst antwortete Veronika nicht, dann machte sie einen tiefen Seufzer und sagte erlöst: „Luise, du hast Recht und wahre Worte gesprochen, ich werde demnächst meine Kinder unangemeldet mit meinem Besuch überraschen."

Nach einer Woche packte Veronika ihren Koffer und fuhr mit der Bahn zum nördlichen Städtchen, das nicht weit von der Nordseeküste lag. Am Zielbahnhof angekommen, ließ sie sich mit dem Taxi zum Gasthaus ihrer Kinder bringen. Unbemerkt betrat sie die Gaststube und suchte sich einen Tisch, der etwas abseits in einer gemütlichen Ecke stand. Die Kellnerin kam und fragte nach ihren Wünschen. Veronika bat um ein Kännchen Kaffee und trug der Kellnerin gleichzeitig auf, sie wolle bei Gelegenheit ihre Chefin, Frau Steiner, sprechen.

Es dauerte gar nicht lange, dann erschien Rosina und suchte nach der Frau, die sie sprechen wolle Als sie umherschaute, entdeckte sie plötzlich ihre Mutter, die am hinteren Tisch saß. Im ersten Moment griff sie zu ihrem Herzen, denn es war ihr, als müsse jeden Augenblick der Boden unter ihren Füßen wanken. Als sie sich von ihrem Schreck erholt hatte, ging sie auf ihre Mutter zu, diese erhob sich, nahm Rosina in ihre Arme und konnte vor lauter innerer Erregung nur noch den Namen Rosina hauchen. Sofort nach dieser Begrüßung bat Rosina ihre Mutter, sie möchte doch mit ihr in die Wohnung kommen, denn hier sei nicht der richtige Ort für ein Wiedersehen. Rosina ging voraus und zeigte ihrer Mutter den Weg. Als sie ins Wohnzimmer kamen, hörte Veronika schon die Kinderstimmen, die aus dem Nebenzimmer zu ihr drangen. Rosina konnte es noch immer nicht fassen, dass plötzlich ihre Mutter bei ihr war. Ein unbeschreibliches Glücksgefühl überkam sie. Was würde wohl Walter dazu sagen? Im Moment konnte sie ihn nicht holen, da er mit einer Sache beschäftigt war, die keinen Aufschub duldete. Nach einiger Zeit aber tauchte plötzlich Walter auf, weil er Rosina etwas fragen musste. Dazu kam er gar nicht mehr, denn als er das Zimmer betrat und Veronika dort sitzen sah, wurde es ihm ganz schwindelig, wobei er vergessen hatte, was er eigentlich fragen wollte. Mit erregtem Herzen ging er auf Veronika zu, unschlüssig darüber, wie er sie begrüßen sollte. Als ob Veronika seine Gedanken erraten hatte, machte sie das Beste daraus, nahm Walter in ihre Arme und küsste ihn auf die Wange. Dabei wurde ihm bewusst, dass seine Liebe zu Veronika noch immer nicht ganz erloschen war.

Obwohl er zurück in die Metzgerei musste, blieb er noch ein wenig im Zwiespalt seiner Gefühle in der Nähe von Veronika. Er gab zu, dass er über ihren Besuch sehr erstaunt sei, aber die Freude darüber doch überwiege, dass sie überhaupt gekommen sei. Mit ein wenig Hoffnung im Herzen stellte er dann die Frage: „Veronika dürfen wir, Rosina und ich, davon ausgehen, dass wir das, was passiert ist, hinter uns lassen und nunmehr zu einem normalen Leben miteinander zurückfinden? Es wäre doch sehr schön, wenn du am Heranwachsen deiner Enkelkinder mit uns gemeinsam teilnehmen könntest, und, wenn es immer deine Zeit erlaubt, auch mal wieder zu uns kommst?" Diese Botschaft von Walter tat Veronika gut und sie vergaß in diesem Augenblick, welche Schmach sie erlitten hatte. Sie wollte endlich vergessen, was passiert war und wieder glücklich werden. Das Anerbieten von Walter, der eigentlich noch immer in ihrem Herzen wohnte, nahm sie deshalb mit einer unendlichen Freude an. Nachdem Walter die noch notwendigen Arbeiten in der Metzgerei erledigt hatte, wurde es noch ein schöner und angenehmer Abend. Es blieb nicht aus, dass schon jetzt viele neue Pläne für die gemeinsame Zukunft geschmiedet wurden. Mit ihren Enkelkindern hatte Veronika inzwischen eine gute und herzliche Freundschaft geschlossen. Ohne Scheu kamen sie zu ihr und ließen sich von der Oma in die Arme nehmen. Vor lauter neu gefundenem Glück weinte Veronika noch ein paar Tränen in dem Bewusstsein, dass sie doch noch den Weg zu Walter und Rosina gefunden hatte, der ihr sicherlich noch viel Freude im Leben bringen würde.

Ende

Zeitfracht Medien GmbH
Ferdinand-Jühlke-Straße 7
99095 Erfurt, Deutschland
produktsicherheit@kolibri360.de